유령 이미지

L'Image Fantôme

알마 인코그니타 Alma Incognita
알마 인코그니타는 문학을 매개로,
미지의 세계를 향해 특별한 모험을 떠납니다.

유령 이미지

L'Image Fantôme ——

에르베 기베르

Hervé Guibert ——

—— 안보옥 옮김

일반적인 소설에서 벗어난 T.에게

그리고 나의 부모님께

차례

생각을 읽는 안경

　　나의 비비 프리코탱Bibi Fricotin* 앨범 중 한 권에 믿기 어려울 정도의 엄청난 발명품, 즉 생각을 읽는 안경이 나왔는데, 그것은 나를 공상에 잠겨 꿈꾸게 했지만, 동시에 그 안경을 나에게 들이댈 수 있다는 생각으로 겁을 먹게 하기도 했다. 그 이후로 나는 다소 음탕한 여러 광고에서 옷을 관통하는 안경과 옷을 벗기는 안경의 존재도 알게 되었다. 그래서 나는 사진이 이 두 가지 능력을 결합시킬 수 있다고 상상했다, 나는 자화상을 시도해보고 싶은 마음이 생겼다…

★　　프랑스 만화가 루이 포르통Louis Forton이 1924년 발표하기 시작한 만화책 시리즈의 중심인물이다. 이후 다른 만화가들인 가스통 칼로Gaston Callaud, 피에르 라크르와Pierre Lacroix가 지속하여 123권까지 출간되었다.

유령 이미지

사진은 게다가 매우 다정한 행위다. 나의 부모님이 아직 라로셸La Rochelle에서, 발코니 하나는 완전히 공원의 나무들 위쪽으로 나와 있었고 조금 멀리로는 바다가 보이는 그 밝고 커다란 아파트에 살고 계셨던 어느 날, 당시 나는 열여덟 살이었을 것이며 주말을 보내려고 그곳으로 돌아와 있던 어느 날, 지금 생각으로는 5월이나 6월이었을 텐데, 상쾌하고 온화하며 바람이 잘 통하던 어느 날, 햇살이 좋았던 어느 날, 나는 어머니를 사진에 담기로 결심했다.

나는 예전에 바캉스 중에, 나의 어머니를 이미 사진 찍은 적이 있었는데, 그것은 별생각 없이, 나의 아버지와 함께 억지로 찍은 진부한 사진들로, 우리가 맺을 수 있던 관계나 내가 어머니에게 가질 수 있던 애정에 대해서 아무것도 드러내지 못하는 사진들이었고, 용모나 표정을 둔하게 보여주는 것에 그치는 사진들이었다. 게다가 어머니는 사진발이 좋지 않다고 했고, 그렇기 때문에 사진을 찍는다고 하면 곧바로 경직된다는 구실을 대면서 대부분 사진 찍히기를 거부했었다.

내가 열여덟 살이었으면 1973년이었을 것이고, 그렇다면 1928년에 태어난 어머니는 마흔다섯 살이었을 것이다. 어머니가 여전히 무척 아름다웠던 나이였지만, 절망적인 나이이기도 했다. 그래서 나는 그때 어머니가 노쇠와 슬픔의 극한에 있다고 느꼈었다. 그때까지 나는 어머니 사진을 찍는 것을 꺼렸었다는 사실을 말해야 한다. 내가 어머니의 머리 모양을 좋아하지 않았기 때문인데, 그것은 미장원에서 번갈아가며 파마를 하거나 끔찍한 헤어롤로 부자연스럽게 컬을 만들고 스프레이를 뿌려 번들번들하게 만든 머리 모양이었고, 나의 어머니 얼굴에 거추장스럽고 어울리지 않는 것이었으며, 얼굴을 가려서 완전히 달라 보이게 하는 스타일이었다. 어머니는 여배우와 닮았다고 자랑하는 여인들에 속했는데, 이번 경우에는 미셸 모르강Michèle Morgan이 그 대상이었다. 잡지에서 고른 그 여배우 사진을 미장원에 가지고 가서 미용사들에게 사진에 있는 모델을 보여주며 그 머리 모양대로 해달라고 하던 여인들 중 하나였던 것이다. 그러니까 나의 어머니는 약간은 미셸 모르강과 같은 머리 모양을 한 것이며, 나는 당연히 그 여배우를 증오하기 시작했다.

아버지는 어머니에게 화장을 못 하게 했고 머리 염색도 금했다, 그리고 아버지가 어머니 사진을 찍을 때면 어머니에게 웃으라고 했다, 그렇지 않으면, 아버지는 어머니 뜻과는 달리, 카메라를 조절하는 척하면서 어머니 사진을 찍었는데, 그것은 어머니가 어머니 자신의 이미지를 통제하지 못하도록 하려는 것이었다.

내가 첫 번째로 한 일은 사진이 제작될 무대에서 아버지를 내보내는 것이었고, 어머니의 시선이 아버지의 시선을 거치지 않도록 아버지를 쫓아내는 것이었으며, 눈에 보이는 이런 분명한 요구 사항으로, 20년 이상 쌓인 모든 압박에서 어머니를 일시적이라도 해방시키는 것이었다, 그리하여 남편과 아버지에서 벗어나서, 어머니와 아들만의, 오로지 우리들끼리의 새로운 합의만 있도록 하는 것이었다(내가 연출하고 싶었던 것이 사실은 나의 아버지의 죽음이 아니었던가?).

두 번째로 한 일은 이런 잡동사니 같은 머리 모양에서 어머니의 얼굴을 해방시키는 것이었다. 어머니의 머리 컬을 펴기 위해서, 나는 직접 욕실에 웅크린 어머니 머리를 수도꼭지 아래로 갖다댔고, 어머니의 어깨가 젖지 않도록 머리 위에 수건을 놓았다. 어머니는 흰색 슬립 차림이었다. 나는 유년 시절의 추억으로까지 거슬러 올라가는 여러 벌의 구식 원피스들을 입어보도록 했었다, 예를 들면 일요일과 축제와 여름과 기쁨의 추억과 연결되는, 밑단 장식이 달린 흰 물방울 무늬의 파란 원피스를 입어보게 했다, 그렇지만 어머니가 더이상 '원피스 안으로 들어갈' 수 없었거나, 아니면 원피스가 좀 과하게 보였었다, 다시 말하자면 원피스가 지나치게 중요성을 띠고, 지나치게 눈에 띄는 것이어서 여전히 나의 어머니를 '감춰버리는' 것이었다, 하지만 나의 아버지의 생각과는 반대의 의미에서 말이다, 반면에 돌이켜보면 모든 시도가 어머니를 드러나게 하려는 것이었다. 나는 중간 길이 정도인 어머니의 금발 머리를 오랫동안 빗었다, 그렇게 하여 어머니의 금발 머리가 어머니 얼굴 윤곽의 산뜻함과 길고 오뚝한 코와 뾰족한 턱과 불거진 광대뼈를 드러내면서, 그리고 물론 사진이 흑백이어야 할 때조차도 푸른 눈을 드러내면서, 볼륨감 없이, 구불거리지 않고, 얼굴 양 옆으로 완전히 뻣뻣하게 곧게 내려오도록 하려는 것이었다, 나는 거의 흰색의 연한 빛깔의 분을 어머니 얼굴에 조금 발랐다.

그러고 나서 나는 여름이 시작되는 때의 온화하며 따뜻하고 마음을 진정시키며 퍼져나가는 빛에 감싸인 응접실로 어머니를 모시고 갔고, 초록 식물들, 무화과나무, 선인장들 사이에 흰색 의자들 중 하나를 비스듬히 놓아 빛이 의자 위로 좀더 온화하게 내려오도록 했으며, 얼굴을 지우고 제거할 위험이 있는 빛의 강렬함을 누그러뜨리기 위해서 블라인드를 조금 내렸다. 나는 또한 사진이 찍힐 수 있는 범위에서 주의를 분산시키는 모든 것들, 예를 들면 텔레비전 잡지가 놓여 있는 이 유리 테이블 같은 것을 치워버렸다. 나의 어머니는 슬립 차림으로, 어깨 위에 수건을 놓은 채, 그 의자 위에 앉았고, 곧은 자세로 그러나 전혀 경직되지 않고, 내가 준비를 끝마치기를 기다리고 있었다, 어머니의 입을 오므라지게 하는 잔주름들이 갑자기 사라졌으므로 어머니의 표정이 이미 온화해졌음을 나는 알아차렸다(나는 일시적으로 시간을 멈췄고, 어머니를 향한 내 사랑 속에서, 노쇠를 뒤로 되돌려놓았던 것이다). 어머니는 거기에, 위엄 있게, 앉아 있었는데, 사형 집행 전의 여왕 같았다(지금 나는 어머니가 기다리고 있던 것이 어머니 자신의 사형 집행이 아니었는지 자문해보는데, 왜냐하면 일단 사진을 찍고 나면, 이미지가 고정되고 나면, 멈췄던 노화가 분명히 다시 시작될 수 있는 것이었고, 게다가 이번에는 엄청나게 빠른 속도로 진행될 수 있는 것이기 때문이다, 그 나이에는, 즉 노쇠가 여인들을 불시에 습격하는 45세와 50세 사이에는 말이다. 그리고 나는 어머니가 기력이 떨어지고 나면 완전히 체념하며 차분하고 초연하게 받아들일 것이라는 것을 알았고, 또한 어머니가 거울 앞에서 영양 크림과 마스크팩 등으로 회복해보려고도 하지 않고 그대로 그 망가진 이미지와 함께 계속 살아갈 것이라는 것을 알았기 때문이다).

나는 어머니를 사진에 담았다. 그 순간에 어머니는 최고로 아름다웠고 얼굴은 완전히 온화한 표정이었다. 어머니는 말을 하지 않았고, 나는 어머니 주위를 맴돌았다, 어머니는 마치 빛이 그녀를 감싸고 있는 것처럼, 거리를 두고 그녀 주위에서 맴도는 이 느린 선회가 가장 감미로운 애무인 것처럼, 감지하기 어렵고, 무엇이라고 표현하기 힘든, 평화롭고 행복한 미소를 입가에 띠었다. 그 순간에 어머니는 내가 어머니에게 갖게 해주고, 아버지 몰래 포착한 이런 자신의 이미지를 몹시 좋아했었다고 나는 생각한다. 사실 바로 그것이 남편에게 검열 당하는 여인이 절대로 가질 수 없는, 삶을 즐기는 여인의 이미지, 금지된 이미지였다, 금지 사항이 풍비박산되는 것이었으니, 그만큼 어머니와 나 사이에 형성된 기쁨은 더욱 강렬했던 것이다. 그것은 일시 정지된 순간이었고, 평온을 되찾은, 걱정 없는 순간이었다. 몇몇 사진을 찍기 위해 나는 어머니에게 커다란 밀짚모자를 뒤집어씌웠는데, 나에게 있어서 그것은《베니스에서의 죽음》에 등장하는 소년의 모자였고, 내가 종종 썼던 것이었다. 더구나 나는 어머니의 이미지 위에 어쩌면 나 자신의 이미지를 투사했는지도 모르겠다, 그리고 나의 욕망의 이미지인 소년, 그것은 또한 내가 어머니에게 책임을 전가하는 속내 이야기가 아니었겠는가?

사진 촬영이 끝났다. 아버지가 돌아왔다. 어머니는 다시 원피스를 입었고 곧바로 머리카락을 롤로 말았으며 머리 말리개로 머리 모양을 다시 만졌다. 어머니는 다시 남편의 아내, 45세의 부인이 되었다. 반면에 사진은 마술을 부린 것처럼 일시적으로 나이를 중단했고 그렇게 터무니없고 사회적인 관념에 어울리는 이미지만을 만들었다. 그 순간에 나의 어머니는 젊은 시절의 그 어느 때보다도 더 아름다웠다, 바로 그렇게 나는 믿고 싶었다. 나는 어머니를 더이상 알아볼 수 없었고, 어머니를 잊고 싶었으며, 더이상 보고 싶지 않았고, 곧 현상액에서 꺼낼 그 이미지에 영원히 머무르고 싶었다.

　나의 아버지는 롤라이Rollei 35 카메라를 막 구입했던 참이었고, 나는 그것을 처음으로 사용했다. 아버지는 또한 현상 장비를 구입하여 욕실에 설치했었다. 우리는 곧바로 필름을 현상하기로 결정했고, 필름이 현상액에 담겨진 시간은 어머니가 얼굴의 분을 지우고 머리를 말리며 본래의 이미지를 되찾는 시간과 일치하는 시간이었다. 우리가 임시적인 이미지를, 파괴적인 이미지를, 사진을 현상하려고 했을 때 이 본래의 이미지는 완전히, 최종적으로 복원되었다. 그런데 사진은 존재하지 않았다. 우리는 욕실의 푸른 불빛에 대고 처음부터 끝까지 하얗게 감광되지 않은 필름 전체를 비춰보았다. 사진 현상 작업을 했던 사람은 아버지였으므로, 또한 아버지가 본의 아니게 인화해야만 했던 그 이미지는 아버지가 20년에 걸쳐 강요했던 이미지를 부정하는 것이었으므로, 나는 순간적으로 그것이 음모이며 변경이고, 무의식적인 실수일지라도 카메라 조작의 실수라고 생각할 수 있었다. 그렇지만 명백한 사실을 인정해야만 했다. 내가 카메라에 필름을 잘 맞물리지 않았던 것이다(필름이 없었던 것인가? 기억나지 않는다). 필름은 그것을 고정시키고 또 앞으로 가게 하는 그 작은 검은색 톱니바퀴에서 분리되었고, 나는 필름 없이 헛되이 사진을 찍었던 것이다. 하얗게, 사라져버린, 희생된, 중요한 순간. 악몽과 관련하여 깨어남으로 진정되는 마음의 움직임과는 반대의 움직임. 다시 말해서 필름 현상은 꿈꾸기 후에 깨어남과 같은 것인데, 그것은 정반대로, 갑자기 사라지지는 않았지만, 감광된 잠상潛像이 없는 현실에서는 꿈꾸기 대신 악몽이 되었던 것이다.

그것은 나와 마찬가지로 어머니에게도 낙담과 고통의 순간이었고, 무능력하고 불운하다는 느낌과 돌이킬 수 없는 상실감을 주었다. 그것이 우리의 물건들과 비밀스러운 편지들과 유년기의 사진들을 모두 불태워버렸던 화재는 아니었다. 그렇지만 그것은 거의 그런 화재였던 것이다. 다시 사진을 찍는다는 것은 생각할 수도 없는 일이었다. 그것은 불가능했다.

하얗게 텅 빈 이 순간(하얗게 실속 없는 죽음인가? 우리가 '하얗게 실속 없이' 필름을 현상할 수 있는 것이니까 말이다)은 어머니와 나 사이에 근친상간 같은 은밀한 위력을 가지고 남아 있게 되었다. 그것은 우리 사이에 침묵을 강요했다. 우리는 그 일에 대해서 절대로 말하지 않았다. 나는 더이상 어머니 사진을 찍지 않았다. 그리고 어머니는 내가 예감했던 것처럼 늙었다. 1년에 10년은 늙었다. 어머니는 40세의 부인으로 남아 있었다. 그런데 어머니는 50세의 부인이 되었던 것이다. 어머니를 다시 만날 때마다 나는 어머니를 거의 바라볼 수가 없었다. 입술을 오므라지게 하고 입을 굳어 보이게 하는 주름들, 뺨을 뒤덮고 있는 얇은 잔털과 감지되지 않는 분홍빛이 혐오감을 불러일으키는 원인이었던 것이다. 나는 어머니를 포옹하기가 힘들었다. 내가 마치 어머니의 얼굴이 보기 흉하게 되기를 기다리고 있는 것처럼 느껴졌다. 나는 어머니가 늙고 나서야 비로소, 어머니를 다시 바라보고, 다시 사랑할 수 있을 것 같았다.

나의 부모님은 이사를 해야 했다. 부모님은 음화의 드라마가 벌어졌던 밝고 커다란 그 거실을 떠나야 했다. 부모님은 여느 교외와 흡사한 단조로운 교외에서 살 것이었다. 아버지는 나에게 작은 카메라를 주었다. 아버지는 큰 카메라를 구입했다. 그 커다란 카메라를 아들에게 건네는 것이 아버지에게는 큰 기쁨이었으므로 아버지는 어머니 사진을 찍자고 나를 초대했다. 우리는 이사하기 전에 마지막으로 셋이 함께 그 거실에 다시 모였다. 파인더 안에서는, 하얗게 텅 빈 순간이, 복통처럼 끈질기게 괴롭히면서 적정 노출을 표시하는 붉은 작은 빛과 똑같은 빈도수로 깜박거렸다. 그런데 그때, 어머니의 얼굴은 반대로, 놀랄 정도로 긴장이 풀어졌고, 저항했으며, 첫 번째 사진 촬영 당시 내가 어머니에게 강요했던 자세를 기적적으로 되찾았다. 파인더를 통해, 한순간에, 어머니는 다시 아름다워졌다. 어머니가 나에게 슬픔의 메시지를 전달하는 것처럼 보였다.

그러므로 이 텍스트에는 삽화가 없을 것이고, 단지 아무것도 담겨 있지 않은 빈 필름의 시초만 있을 것이다. 이미지가 찍혔다면 이 텍스트는 존재하지 않았을 것이다. 이미지는 아마도 액자에 끼워져서, 젊은 시절의 사진보다 더욱더 완벽하고 거짓된 이미지로, 비현실적인 이미지로, 내 앞에, 거기에 있을 것이다, 다시 말해서 거의 악마 같은 행위의 범죄, 증거로 말이다. 마술이나 눈속임보다 더한 것으로, 즉 시간을 멈추게 하는 기계로 말이다. 왜냐하면 이 텍스트는 이미지의 절망이니까, 그리고 흐릿하거나 모호한 이미지보다 더 나쁜 것, 즉 유령 이미지니까…

첫사랑

내가 처음에 좋아했던 사진은 음반의 커버고, 다음으로
는 영화 사진이다. 즉 가수, 배우를 보여주는 사진이었던 것이
다. 그들의 몸과 얼굴들. 나는 그들을 포옹했다. 어떤 것들은
사인이 된 것이었다. 나는 떡갈나무 책상을 보호하는 용도로
쓰이는 책상 유리 아래에 그것들을 놓았으며, 내가 거기에서
입술을 뗄 때에는 일시적으로 유리 위에 내 입김을 남겨놓았
고, 그것을 소매로 지워버리곤 했다. 가수나 배우의 이름을 명
명하는 것이 이제는 비웃음을 살 테지만, 나 스스로도 웃음
이 난다. 그들은 나의 아버지가 꼭 닮게 되었던 오페레타의 가
수 조르주 게타리Georges Guétary, 그리고 토비 대미트Tobby Dammit 역
을 한 테런스 스탬프Terence Stamp다. 나는 열두 살 반이었다. 일요
일 오후면 나의 부모님은 오로지 〈푸익 푸익Pouic-Pouic〉과 〈이베

22

르나투스Hibernatus〉 같은, 루이 드 퓌네Louis de Funès가 출연한 영화만 보러 나를 극장에 데리고 갔다. 영화 〈기이한 이야기들Les Histoires extraordinaires〉 속의 펠리니Fellini의 스케치는 우발적 사고와 같은 것이었다. 나는 이런 종류의 이미지와, 이런 종류의 영화와 사랑에 빠졌으며 또한 동시에 인간의 이미지와 처음으로 사랑에 빠졌는데, 그것은 극도로 병적인 이미지였으며 악마의 이미지였다.

나의 아버지는 나와 함께 랭크Rank 배급 사무실에 갔었다 (랭크사가 문을 닫는다는 사실을 신문에서 읽으니까, 오늘 나는 이 이야기를 기억한다). 아버지는 수위실에 5프랑을 놓아두었다. 그리고 우리는 두 장의 영화 사진을 가지고 떠났다. 그 사진들은 판매용이 아니었다. 그런데도 나는 그것들을 손에 넣었던 것이다. 그 사진들은 이미 극장 진열창 속에 여러 번 붙어 있던 것들이었다. 나는 알코올을 아주 조금 묻힌 솜 끝으로 조심스럽게, 영화 배급을 선전하는 스티커들을 떼어내려고 했다. 왜냐하면 그 장식 딱지들이 내가 없애버리고 싶어 했던 이름들, 다른 우상들의 이름들, 부당하게 배역 소개 맨 위에 있던 이름들(브리지트 바르도Brigitte Bardot, 알랭 들롱Alain Delon)을 이미지 위에 적어놓았기 때문이다. 햇빛이 책상 유리 아래에 있는 엑타크롬 사진을 변색시켰다. 즉 노란색은 더욱더 노래졌고, 초록은 더 초록으로 되었으며, 동시에 필터를 통해서 찍힌 사진들처럼 더 투명해지고 더욱더 채도가 높아졌다.

나는 여전히 그 사진들을 아주 구체적으로 기억하지만, 다시 그때로 돌아가고 싶지 않다. 그 사진들은 오랫동안 나와 함께 있었고, 이제는 상자 속 깊숙이 넣어졌다. 그것들은 벽에 댄 직물 위에 차례차례 핀으로 고정되었고, 붙여졌으며, 그리고 문에서 떼어졌다. 전시되기에는 언제나 지나치게 크거나 지나치게 작았다. 또한 신경에 거슬리고 눈에 띄지 않을 정도로 지나치게 많이 본 것이었다. 첫 번째 사진에는(게다가 내가 왜 그것을 첫 번째 사진으로 정했는지 모르겠다) 노란색 바탕에, 테런스 스탬프Terence Stamp가 목까지 올라오는 검은 상의를 입고 있다. 지저분하며 변색되고 헝클어진 금발이 그의 어깨까지 내려와 있다. 그의 피부는 밀랍색이고 그의 왼쪽 눈썹 위에는 거미가 그려져 있다. 그는 표적을 바라보고, 조개 모양으로 모은 하얀 두 손은 이미지 바깥쪽으로 뻗어 있다. 그는 교활한 미소를 띠고 있는 매우 하얀 피부의 금발 소녀를 향해 손을 뻗고 있는데, 그 소녀는 공항의 홀에서 지나치게 가벼운 풍선을 튀어오르게 하고, 또한 곧 이어서, 알파 로메오L'Alfa Roméo*의 사고 이후에 동강난 다리 위로 자기 머리를 튀어나오게 할 것이었다. 두 번째 사진에는, 푸르스름한 바탕에, 그 다리 위에 서 있는 그가 보인다, 그는 이미 죽었을 것 같은데 그

★　1910년에 창립된 이탈리아 자동차 회사로 1986년부터 피아트 그룹에 속하게 되었다.

가 돌아온 것이다. 땀에 젖은 가슴이 보이도록 하얀 셔츠를 앞을 벌린 채 걸치고 엷은 보라색 새틴 천 바지를 입고 있는 그는 질겁하여 얼이 빠진 표정이고, 거미는 여전히 그의 눈썹 위에 매달려 있다.

저녁마다, 잠자리에 들 때, 나는 사진의 육체들에게 자리를 내주기 위해서 침대 구석으로 나를 밀어낸다. 그리고 침대 시트 밑에서 나는 그들에게 말을 한다…

완벽한 이미지

엘바Elbe 섬, 1979년 8월. 활동 부족으로 무력해진 나는 회복기 환자의 삶을 보내고 있다. 다른 사람들은 해변으로 나갔는데, 나는 오후 내내 방으로 개조된 이 제의실에 혼자 있다. 나는 공상에 잠긴다, 나는 잠든다, 나는 조금 읽는다, 나는 큰 욕망 없이 글을 써보려고 한다. 내 손이 닿는 곳에는 아무것도 없다…

사진을 찍을 수 없다는 실망감이, 은밀히 진행되는 고통처럼, 나에게 오기 시작한다. 나는 카메라를 처분하려는 생각을 했고, 그것을 줘버리고, 영원히 치워버리려는 생각을 했다. 그런데 오늘 아침, 시로코sirocco*가 강하게 불어 바다에 폭풍우

★   덥고 건조한 지중해의 동남풍.

가 휘몰아칠 것이 틀림없으므로 방파제를 따라 부딪치는 파도를 보기 위해서 우리는 자동차를 타고 리오 마리나$^{Rio\ Marina}$로 내려간다. 그리고 도착하자마자 나는 금방 사라져버릴 것처럼 보이는 한 광경에 사로잡히고, 덧없어 보이는 그 광경을 담을 수 없는 것에 괴로워한다. 나는 필요한 도구가 내 수중에 없다는 것에 속을 부글부글 끓이며, 그 광경이 해체되고 산산이 부서져버려 잠시 후 완전히 아쉬움으로 변할 때까지 괴로워한다. 방파제와 돌로 쌓인 다른 둑 사이에 바닷물이 부딪치는 해변이 가느다란 띠 모양을 만드는 지대가 있는데, 약간 푸른빛이 감도는 회색빛 색조 속에, 강도가 높아 아주 선명한 색조 속에, 거품에 싸인 큰 덩어리 아래에서, 파도와 맞서고, 파도에 밀려 몸이 굴러가도록 내버려두는 네 명의 소년이 서로 약간의 거리를 두고 줄지어 있다.

내가 왜 이 광경을 사진 찍고 싶어 하는 것일까? 다시 질문하게 된다. 나는 왜 이 광경을 '완벽하다'고 생각하는 것일까? 이 장면을 바라보면서 이미 나는 이 장면을 나타내줄 수 있는 사진을 생각하고 있는 것이고, 그들이 형성한 거품에 싸인 덩어리 형태로 일종의 비현실성 속에 있는 이 네 명의 소년들을 분리시키면서 자동적으로 실행될 추상화^{抽象化}를 생각하고 있는 것이라고 말해야 한다. 우선 머리를 아프게 하고 잠들게 하며 소위 위험한 몽상을 불러일으키는 시로코, 그 무더운 대기의, 폭풍우의, 이 번쩍이는, 거의 하얀, 이미 추상적인 강렬함이 있다. 그리고 아래쪽에 있는 네 명의 소년들은 나와 그들을 분리하는 거리로 인해, 본의 아니게, 완벽한 배열을 갖추고, 기이한 그림을 형성하고 있는 것이다. 기이한 것은, 그들의 벌거벗은 등인데, 마른 모습이고, 그들 중 한 명은 지방으로 둘러싸인 모습이며, 다른 한 명은 그의 머리에 딱 맞는 플라스틱 수영모가 등 위에 올라온 모습이다. 그리고 완벽한 것은 해변이 만드는 이 가느다란 띠 모양의 지대에서 그들을 분리하고 있는 동일한 간격과 그들이 줄지어 있는 모습이다.

그렇지만 이 광경은 곧, 산산이 부서지면서 그 완벽성을 잃어버린다. 바로 그 뚱뚱한 소년이 물을 떠났고 해변 위로 올라와 몸을 말리고 수영복을 갈아입었다. 거품이 이는 가장자리 안에는 두 명의 소년밖에 남아 있지 않으며 그중에 수영모를 쓴 소년이 있다. 그리하여 그림은 이미 진부한 것이 된다. 동일한 간격과 배열이 깨진 것이다. 기름 덩어리는 사라졌다. 그리고 지난 순간을, 완벽한 구성을 포착하지 못했다는 아쉬움이 벌써 나에게 몰려왔다. 시로코가 계속 분다면, 다음 날 같은 시각에 다시 올 수 있을 것이다. 그리고 사람들은 분명히 파도 속에서 여전히 몸을 뒹굴 것이며, 빛의 강도도 같을 것이다. 그렇지만 이 그림은 사라져버린 것이라는 사실을 나는 알고 있으며, 이런 감동을 다시 찾을 수 없다는 것도 알고 있다. 내가 네 명의 소년이 다음 날 완전히 흡사한 모습으로 돌아와 그들의 실루엣으로 내 마음을 사로잡을 수 있다는(물론, 그 점에 대해서 의문이 든다) 희망을 버리지 않는다 하더라도, 재구성된 그 광경이 똑같은 방식으로도, 똑같은 강도로도 더이상 나를 매혹시키지 않을 것이라고 생각해볼 수 있다, 그 광경은 내 머릿속에서 가야할 길을 갈 시간을 가질 것이고, 거기에서 완벽한 이미지로 결정될 시간을 가질 것이기 때문이다, 사진의 추상화抽象化는 기억의 감광판 위에서 저절로 실행될 것이고, 내가 처음에 오로지 사진의 아쉬움에서 벗어나기 위해서 시작한 글쓰기로 전개되고 드러날 것이다. 이제 내 생각으로는, 이 글쓰기 작업이 사진의 즉각적인 표기를 초월하고 풍요롭게 한 것 같으며, 또한 사진을 찍기 위해서 내가 내일 그 광경을 다시 보려고 한다면 그 광경은 초라해 보일 것 같다.

내가 그 광경 사진을 즉시 찍었더라면, 그리고 사진이 '좋은 것'(다시 말해서 감동의 추억에 아주 충실한 것)으로 드러났더라면, 그것은 나에게 속했을 것이다, 그렇지만 사진을 찍는다는 행위가 바로 그 감동의 추억 전체를 희미하게 했을 것이다, 왜냐하면 사진은 포괄하고 잊어버리는 행위지만, 반면에 글쓰기, 그것은 차단시킬 수 있을 뿐이며 쓸쓸한 행위이기 때문이다, 또한 그 광경 사진을 찍고 좋은 것으로 드러났다면, 그 광경은 내 이름을 지니고 있을 분실물처럼, 내 것이라고 할 수 있겠지만 내게는 영원히 낯선 것으로 남게 될 분실물처럼(기억상실증 환자에게 있어서 예전의 사적인 물건처럼), 사진의 형태로 나에게 '되돌려졌을' 것인가?

에로틱한 이미지

나의 첫 번째 에로틱한 이미지는 레이Reille 대로에 있는 서점의 먼지투성이의 진열창 속, 음악상자와 공예품과 플라스틱 거미들 가운데 있는, 혀 모양의 긴 막대기를 잡아당기면 옷을 홀딱 벗기 시작하는 수영복 차림의 작은 여자였다. 그것은 천연색 그림이었는데, 그녀의 유방을 보기 위해서는 청석돌로 된 혀 모양의 긴 마술 막대기를 잡아당기는 것 같은 그런 동작을 하는 것으로 충분했다. 나는 그 막대기를 잡아당겨보고 싶었지만, 한 번도 그렇게 해볼 수 없었다. 나는 언제나 부모님과 함께 있었고 돈을 마련할 수도 없었던 것이다. 게다가 나는 막대 달린 여자가 나에게 뜻밖의 놀라운 일을 마련해두었을까 봐 겁도 났는데, 왜냐하면 그 여자는 많은 놀래기용 장난감들 사이에 있었으므로, 어쩌면 내가 그녀의 배 대신에 붉은

폭죽 사탕을 보게 될지도 모르고, 마지막 순간에는 그녀가 헌병이나 염소로 변신할지도 모를 일이기 때문이었다…

　　한번은, 거의 같은 시기에(내가 다섯 살에서 열 살 사이였을 것이다), 어머니가 서점 상인과 이야기를 나누는 틈을 이용하여 쌓여 있는 책 더미 위에서 《루이Lui》 잡지의 초기 호들 중 한 권을 은밀하게 펼쳐 보았다. 그런데 어머니가 보던 잡지에서 내가 본 적이 있어 알아본 클로디아 카르디날Claudia Cardinale 이 완전히 벌거벗은 채로 동물 가죽 위에 배를 깔고 누워 있는 컬러 사진이, 이중으로 된 페이지에 실려 있던 그 부분이 펼쳐졌다. 사진가 스튜디오에서 갓난아기의 발그스레하고 분이 발라진 엉덩이를 드러내는 포즈를 보여주지만, 결국에는 충분히 정숙한 그 이미지에서 특히 나를 흥분시키는 것, 그것은 드러나지 않은 것이며, 그것은 가슴이고, 그것은 특히 모피 속에서 가슴이 닿는 것을 상상하는 것이며, 만약 그 모피가 어머니의 것과 비슷한 것이라면(비버 모피인가?) 더욱더, 굉장히 부드러운 물질 속에서 아주 부드러운 두 개의 구체가 눌리는 그 접촉을 상상하는 것이다. 다만 나는 유방이 모피와 맞대어 짓눌린다고 상상하지 않고, 반숙 달걀용 잔이나 보석 상자같이 모피 아래 바닥의 움푹 팬 곳에 정확하게 제자리를 찾는다고 상상한다. 나는 그 이미지에 사로잡힌다. 흘끗 보자마자, 놀라움에 사로잡혀, 발각될까 봐 두려워서 나는 잡지를 덮는다. 그 이미지가 나를 사로잡고 있다. 그곳으로 다시 가는 것, 나는 오로지 그 생각만 한다. 그런데 그 다음번에, 내가 어머니 등 뒤에 있게 되어 쌓여 있는 책 더미 쪽으로 가보지만,《루이》잡지의 다른 호가 놓여 있는 것이다. 그 이미지가 나를 매혹시켰는데(N.M.P.P.* 속도는 나에게 정말 냉혹한 것이다. 다섯 살짜리 어린 아이가 서점 상인에게《핌 팜 품Pim Pam Poum》과《루두두Roudoudou》와《루이》의 지난 호를 동시에 주문하는 것을 상상할 수 있는가?), 나는 불행하다. 나는 다시는 그 이미지를 보지 못했다. 나는 그 이미지를 다시 찾아보려는 생각을 여러 번 했다(몇 년 후, 나는《엑스프레스L'Expresse》잡지의 포르노 지면에서 똑같은 모피 사진을 오린다, 그런데 이번에는 버트 레이놀즈Burt Reynolds가 클로디아 카르디날 자리를 차지했다, 소문에 의하면 그는 여성 잡지에 나체 포즈를 취해 스캔들을 일으켰던 사람이다…).

나의 첫 사춘기에는 성적 쾌락이 없다. 나는 오르가슴을 느끼고 싶지만 어떻게 하는 것인지 모른다. 사람들이 나에게 말해주지 않았다. 영어 수업 시간 동안 여러 개의 목욕용 장갑을 더럽혔을 것이라고 허풍 떠는 남자애들의 이야기에 나는 질투심을 느낀다. 나는 얼룩이 두렵다(어머니는 아주 의혹에 찬 눈길로 내 세탁물을 살핀다). 또한 아버지는 나에게 자위행위를 하는 것은 나쁜 것이라고 했고, 남용하면 아주 허약하게 된다

★　　Nouvelles Messageries de la Presse Parisienne(파리 신문 잡지 배송 회사)의 약자임.

고 했으며, 어쩌면 멍청해질 수도 있다고 말했다. 게다가 나는 'bander'와 'branler'*를 혼동하는데, 이 두 어휘가 같은 행위를 포함하는 것이라고 생각한다. 나는 영화 배급사에 가서 막 출시된 영화 〈사티리콘Satyricon〉의 사진들을 두 세트 샀다. 사진들 중에는 히람 켈러Hiram Keller의 사진이 있는데, 완전히 벌거벗은, 사춘기에 이르지 않은 모습이며, 성기는 금빛 조개껍질 속에 갇혀 있고, 가슴을 가로지르는 가는 가죽끈이 그의 등 위의 화살통을 붙잡아매고 있다. 그는 여인을 손으로 잡고 있으며, 허리에 두르는 간단한 옷을 입고 있는 여인의 머리 위에는 왕관이 얹혀 있다. 이 이미지는 억제할 수 없을 정도로 나를 흥분시킨다. 그래서 자주, 나는 학교에서 돌아오면, 숨을 헐떡이면서, 봉투에서 천천히 그 이미지를 꺼내고, 바지 앞쪽 트인 곳에서 내 성기를 꺼낸다, 그리고 나는 그것을 세우고 사진 위에 바로 놓는다. 그것은 그것을 세우게 하는 사진 속의 축소된 육체 전부를 완전히 덮고 사진 속 육체를 지배한다(그것은 납으로 만든 나의 장난감 병정들 중 하나보다 아주 약간 크다). 나는 이렇게 오랫동안 움직이지 않고, 사진 위에서 아무것도 하지 않은 채 발기하면서, 최면에 걸린 것처럼, 싫증이 날 때까지, 허기질 때까지, 또는 첫 발자국 소리가 날 때까지 그대로 있다.

★   bander: 발기하다, branler: 수음하다.

추억 사진
동베를린

N.이 나에게 그의 사진을 주었는데, 물론 나는 사진에서 그를 알아보지 못한다. 사진에는 더욱 편안해보이고 더 귀여운 소년이 보일 뿐, 나를 사로잡았던 그의 매력, 즉 아주 온화한 그의 미소, 웃을 때의 수줍은 듯 찡그린 표정 같은 것은 아무것도 찾을 수 없다. 그의 주소가 사진 뒷면에 적혀 있다. 사진 속 얼굴을 유심히 살펴보아도 소용없는 일이다, 거기에서는 내가 알고 있던 얼굴을 이끌어낼 수 없으며, 복원시킬 수 없다. 그리고 그 얼굴, 진짜 얼굴은 사진이 보여주는 확실한 증거 때문에 쫓겨나, 나의 기억에서 완전히 사라질 것이라는 점을 나는 잘 알고 있다, 그렇지만 오래지 않아 사진은 나에게 아무것도 말해주지 않을 것이다, 그러니 그것을 버리거나 아니면 기만적인 애정의 부자연스러운 추억처럼 간직할 수밖에

없을 것이다…

가족사진의 표본

장갑 상자들과 오래된 크리스마스용 초콜릿 상자들에 뒤섞여 뒤죽박죽 쌓여 있는 신발 상자들 속에 가족사진들이 간직되어 있다. 우리가 그 사진들을 꺼내보는 일은 드물다. 그런데 우리가 함부로 다루면서 망가뜨릴까 걱정하지 않는 물질처럼, 결국엔 신경 쓰지 않는 물질(충격을 견뎌내는 물질, 아주 조금은 함부로 다루면서 어쩌면 즐거움을 느낄 수 있는 물질)처럼, 우리는 사진을 손에 가득, 한 뭉치 잡아 꺼낼 수 있는 것이다. 그것은 아주 빨리 누렇게 변하는 사진이고, 그것을 조금이라도 햇빛에 놓아두거나(얼마 지나지 않아, 햇빛은 자신이 한 곳에 갇혀 있던 것에 대해 항상 복수한다, 다시 말하면 햇빛은 스스로를 되찾는 것이다) 또는 그것을 너무 자주 다루면 가장자리에 균열이 생기는, 그런 종류의 사진이다. 그런데 가족사진들은 거기에, 상자로 된 그들의 작은 관 속에 있다, 그리고 사람들은 그것들을 잊어버릴 수 있다, 사진들은 박혀 있는 십자가들 같다. 그것들은 우울한 기쁨을 불러일으킨다. 우리가 상자를 열면 곧바로 눈에 띄는 것은 죽음이고, 또한 삶이며, 죽음과 삶, 두 가지가 묶이고 뒤엉킨 채 서로 뒤덮고 서로 감추고 있다.

나의 할머니는 봉투 속에 끈 조각, 우표, 머리핀, 나전 단추 등 여러 가지 물건들을 모아놓았다, 그리고 할머니는 내용물을 기억하기 위해서 '중요하지 않은 사소한 물건들'이라고 봉투 위에 표시해두었다, 분명히, 할머니는 그것들을 사용하지 않았을 것이다. 그 모든 물건들이 짝이 맞지 않았던 것이다. 사진 상자 위에는 아무것도 적혀 있지 않았지만 '중요한 사소한 추억들'이라고 비슷하게 적을 수 있을 것이다… 사진은 출생과 결혼 시기의 삶을 표시하는데, 그때가 강렬한 두 시기인 것이다. 두 시기 사이에, 키 측정기 위의 백묵 자국처럼, 뼈에서 주목할 수 있는 성장하는 그 작은 골격의 윤곽들처럼, 사진은 육체의 발육을 따라간다, 그러고 나서 사진은 그것을 잊어버린다, 사진은 그것을 부정한다. 성인의 육체, 더이상 순결하지 않은 육체, 늙어가는 육체는 검은 뚜껑 속으로 사라진다, 즉 그것은 더이상 사진을 잘 받지 않는 것이다.

노쇠하면, 여인은, 사진가의 여인은 젊은 시절의 자기 사진을 모두 찢어버리며, 자신의 아름다움을 보여주는 모든 흔적과 그 흔적을 보존하고 싶어 하는 남편의 고집스러운 행위를 동시에 무효화하고 수포로 돌아가게 한다, 질투심에 사로 잡힌 그녀가 젊은 처녀 시절의 자신의 미라를 파괴하는 것이다. 나는 스물네 살이지만, 내가 사랑하는 사람들의 눈에 비친 내 과거의 이미지는 이미 나에게는, 거의 고통스럽고 견딜 수 없는 것이다, 나는 그것을 감추려는 경향이 있다, 나는 그들이 그 이미지를 사랑할까 봐 두렵고, 그들이 거기에서 멈출까 봐 두렵다.

사진에 대한 환상 I

이 장면은 스튜디오 안, 눈에 보이는 모든 '두려움'을 쫓아내고 그림자놀이를 자유롭게 그대로 두는 하얀색 배경 앞에서, 해가 뜰 때부터 해가 질 때까지, 완전한 태양의 주기 속에서 빛을 발산하는 창문을 통해 비스듬하게 빛을 받고 환해진 하얀색 배경 앞에서 벌어질 것이다.

이 장면의 배우들은 미친개의 눈을 하고, 머리카락은 헝클어진, 길쭉하고 수척한 두 명의 젊은 남자일 것이다. 소품으로는 망사로 가득 채워진 별이 총총 박힌 요정의 삼각 모자들뿐 아니라 방울 술이 달린 선원 모자들과 군인 모자들, 알아볼 수 있는 표정이 없는 아주 단순한 모양으로 재단된 몇몇 가면들 같은 코티용*용 장신구들과, 말려 있는 종이가 앞으로 튀어나오는 호루라기, 화살통, 가짜 수염과 불룩한 배, 폴리치

넬라Polichinelle 인형의 코, 복부 위에 가는 끈으로 매여 있는 말총 장식, 요술쟁이의 모자 같은 소극의 장신구들 그리고 드레스들과 직각자나 커다란 컴퍼스 같은 기하학 도구들이 있을 것이다.

두 젊은 남자들은 이 모든 장신구를 가지고 연속적으로 놀이를 가장할 것이고, 춤과 동작들을 가장할 것이다. 그들의 육체는 공간 속에서 이동할 것이며, 정확한 점들일 것이고, 스튜디오의 하얀 배경에서 어느 정도 거리를 둔, 부동의 또는 흔들리는 점들일 것이며, 달라붙어 있거나 분리된 점들일 것이다. 의자나 등받이 없는 의자가 드레스 같은 장신구들을 떠받칠 수 있을 것이다. 카메라는 사진가를 마비시키기 위해서인 것처럼 삼각대에 고정되어 있어 빛의 진행에 따라 놀이와 춤의 다른 양상들을 기록하는 것으로 한정되므로, 사진의 전략은 아주 단순하고, 변함없는 것일 것이며, 하얀 천 전체를 포함하고 양쪽으로 조금 벗어나는(옛날의 실패한 인체 측정 사진들은 아주 아름답다) 프레이밍은 바뀌지 않을 것이다. 우리는 그 장면이 다른 날 동일하게 다시 재현되어야 할 것이라고 상상할 수 있다(배우들이 모델처럼, 증인처럼 이전의 사진들을 가지고 있으니까), 그리고 이번에는 카메라가 삼각대에서 분리되어 배우들에게 접근하고, 그들을 감싸며, 그들을 애무하러 갈 것이라

★   코티용: 네 사람 또는 여덟 사람이 한 조가 되어 추는 프랑스 궁정 무용.

고 생각할 수 있으며, 사진가는 갑자기 조용해져서(지난번에는 그가 끊임없이 말했다) 수족族.Sioux*의 느린 춤을 추는 배우들 주위를 돌며 그들 육체의 몇몇 세부적인 사항들을 포착하고, 그들의 몇몇 몸짓을 분리시킬 것이라고 상상할 수 있을 것이다. 요컨대 장면 연결들을.

그러면 무슨 일이 일어날 것인가? 드레스가 등받이 없는 의자를 완전히 덮을 것이다. 마지막에 배우들은 뻣뻣한 머리카락이 달린 긴 가발을 쓸 것이고, 헐렁헐렁하고 가슴을 드러내는 파티용 드레스 속에서 지나치게 마른 그들이 함께 붙어서 춤을 출 때는 머리카락이 눈에 띄지 않는 선풍기 날개들로 인해 휘날리게 될 것이다. 그것이 마지막 이미지일 것이고, 끝에서 두 번째 이미지도 비슷하겠지만 가발도 없고, 바람도 없을 것이다, 다시 말해서 스포츠형 머리로 자른 남자아이들의 머리 모양을 보여주는 이미지일 것이다(파솔리니Pasolini의 〈살로, 소돔의 120일Salò o le 120 giornate di Sodoma〉의 끝부분에 나오는 학생들의 춤에 대한 회상인가?).

그렇지만 그 전에, 육체들은 때로는 앉고 때로는 서서, 때로는 정면으로 때로는 등을 지고, 예를 들어서 하나는 깡충깡충 뛰는데 다른 하나는 나른해져서 등받이 없는 의자 위에서 쉬는 경우처럼 항상 서로 하나씩 간격을 두고 번갈아 나타

★   수족族: 북아메리카 인디언 부족.

나는 동작들을 견뎌내야 할 것이다, 즉 활력과 충동이 서로 번갈아 나타나는 것이다. 육체들은 요정의 코티용용^用 장신구들, 요술쟁이의 모자와 요술 방망이(그래서 두 소년 중 하나가 다른 소년의 복부에 탄성이 있는 단도를 깊숙이 찔러 넣는다), 가짜 뿔이나 인공적으로 덧붙여 만든 복부 등, 서로 다른 장신구들을 계속 지니면서 체조를 해야 할 것이다. 그것은 진부한 말 뛰기가 아니라, 거기에 없는 제3의 인물에게 가마를 만들게 하면서(그는 변장을 하고, 자신의 통 바깥으로 나온 악마처럼, 구성 틀의 한 모퉁이로 갑자기 들어온다), 그들의 화살통으로 작은 공을 서로에게 쏘고 〈그나프롱의 꼭두각시 인형〉처럼 서로에게 발길질을 하면서 실행되는 체조일 것이다. 일련의 데생이 그들의 자세와 위치를 상세하게 묘사할 수 있을 것이다, 그렇지만 글쓰기 또한 그것들을 적어놓을 수 있을 것이다. 직각자나 커다란 컴퍼스 같은 기하학의 도구들에 관해서 말하자면, 이번에는 원심력 때문인 것처럼 배경에 달라붙은 육체들에게 그것들은 더욱 곡예적인 포지션을, 즉 마리오네트처럼 핀으로 고정되고 사지를 자유자재로 구부리는 포지션을 명령할 것이다.

이런 동작들의 전개를 뒤따를 음악으로는 사티_{Satie}의 〈짐노페디_{Gymnopédie}〉일 수 있겠지만 침묵이 더 나을 것이다. 이 시퀀스는 '악마에게'로 불릴 것이다. 그에 대한 설명은 사진의 모든 환상이며, 또한 그것은 사진가가 두 육체로부터 가질 수 있는 환상들의 목록이기도 하다.

사진 상자 목록

가족사진들은 여러 차례의 이사에서 살아남았다. 어머니는 서랍에서 사진들을 꺼냈고, 그것들을 거의 보지 않은 채, 그리고 그것들을 분류하지 않은 채, 비닐종이로 싸여 있는 보기 흉한 상자 속에 뒤죽박죽 섞어놓았다, 대부분의 사진들은 여전히 필름과 함께 사진 봉투 속에 있지만, 망가지거나 독특한 사진들 그리고 다양한 크기의 여러 사진들은 담배 케이스와 여행 신발 가방들 속에 모아놓았다. 어머니가 젊었을 때 좋아했던 배우 피에르 블랑샤르Pierre Blanchar의 사인이 있는 사진 한 장과 《시네몽드Cinémonde》에서 오린, 아주 짧은 배우 경력으로 지위가 상승된 학급 친구의 사진 두 장이 상자의 목록을 보완해준다.

분류된 첫 번째 사진들은 서류정리 파일에서 떼어낸 구멍이 뚫린 종이들 위에 붙어 있고, 종이마다 파란 잉크로 1933년부터 1947년까지 날짜가 적혀 있다. 그 사진들 대부분이 나에게는 아무 의미도 없는 것이다. 그것은 피서 중이나 영성체 중에 찍힌, 가장자리가 톱니 모양인 그룹 사진들과 숙모나 대고모의 얼굴과 마르고 금발 머리를 한 소녀 시절 나의 어머니의 얼굴을 제외하면 알아보지 못하는 얼굴들이 담겨 있는 사진들이다. 어느 선생님의 캐리커처와 나의 어머니가 1947년에 한 번 에스테르Esther 역을 연기했던 카미유 세Camille-Sée 고등학교에서의 연극 공연 사진들도 이 페이지들 가운데 보존되어 있다.

수백 장이나 되는 이 모든 사진들을 살펴보면서 제일 먼저 눈에 띈 것은 사진들의 대부분이 아주 작은 크기로, 이제 더이상 사용하지 않는 크기, 현재 사용하는 밀착 인화 사진이나 즉석 사진보다 아주 조금더 큰 크기의 사진이라는 점이다. 그것은 그 당시에 이미 사진 현상 가격이 비쌌다는 것이고 또한 나의 부모님이 부유하지는 않았으므로 틀림없이 제일 저렴한 가격의 사진 현상을 선택했기 때문일 것이다. 다만 60년대에는 현상된 사진 크기가 커지는데, 그것은 아버지가 공무원이 되어 고정 월급을 보장받았고, 아버지의 동물 병원에 오는 변덕스러운 손님들의 잔고 없는 수표 처리를 더이상 기다리지 않아도 되었기 때문이다… 그것은 또한, 컬러 사진으로 넘어간 것이 바로 같은 시기였으며, 흑백 사진은 초라하고 낡

아빠진 것이 되어서, 어떤 품질도 보장되지 않았기 때문이다.

부모님의 결혼 시기인 1951년에는 사진 상자에서 두 가족의 만남을 보게 된다, 그렇지만 그 상자는 어머니의 것이고, 아버지는 아버지만의 상자를 가지고 있는데, 그것을 할머니 집에 놓아두었다. 아버지의 상자는 결혼 전에 있었던 또다른 이야기('젊은 처녀들', '산속으로의 긴 산책', '카약 여행' 등의 남자다운 이야기)를 말해주었지만, 이후 결혼부터는 어머니 것과 닮은 꼴로 구성될 뿐이었다. 이 공동의 이야기 이전에는 간섭과 충돌이 거의 없지만, 거북한 것으로는, 아버지는 아버지의 상자 속에 애인들의 사진을 가지고 있는데, 어머니는 다른 사진들은 모두 찢어 버렸고, 안경광학학교 시절의 연애 상대(이것은 어머니가 사용하는 단어다)의 사진을 한두 장 간직하고 있는 것이다. 합법적인 부부의 에로틱한 사진들은, 그것이 존재한다면, 이 두 상자들 사이의 중간 지대에, 봉투 속에 넣어진 채, 어느 책의 여러 페이지들 사이에, 아니면 상자들 중 하나의 이중 바닥 속에 있을 것이 틀림없다, 어쨌든 그 사진들은 인간의 고유한 특성일 수밖에 없는 것이다. 사진을 통한 가족의 이야기는 빈틈없이 잘 봉해져야 하고 일관성이 있어야 하며, 이야기의 그 어떤 것도 우리가 아직 모르는 것이라고 추측하도록 해서는 안 되는 것이다.

이 이야기는 한 가족에서 다른 가족으로, 한 세대에서 다른 세대로, 변함없이 반복되는 것이다. 사람들은 결혼사진들

45

과 출생 사진들을 찍고, 다달이, 해마다 아이의 성장을 따라간다, 사진은 신장 측정기 역할을 하는 것이다. 사람들은 축제(크리스마스, 주현절主顯節 축제용 파이), 식사, 휴가 때의 사진을 찍는다, 그리고 4~50년대, 60년대의 사진에서 반복적으로 나타나는 것 중 하나는, 다시 말해 사진의 주제들 중 하나는, 수영복을 입은 육체를 찍는 것이다, 사람들은 순간적으로 해방된, 그렇지만 가족이라는 틀 안에서, 외부로의 도주 없이, 교환 없이, 왕래 없이, 행복한 육체를 찍는다. 나중에 알아보기 어려운 익명의 인물들을 사진 속에 들어가게 하는 일은 드문 일인 것이다.

내가 어린 시절에 여러 번에 걸쳐서 이미 본 것임에 틀림없는 사진들은 내 추억과 일치하지 않는다. 사진이 보여주는 명백한 사실에도 불구하고 사진들은 내 기억이 정말로 간직하기를 바랐던 추억들 이전의 추억들을 만들어낼 수 없었던 것이다(그렇지만 사진들이 먼저 존재한다).

이것은 추억의 이야기와 병행하는 이야기다. 사진이 보여주는 이런 하찮은 장면들에 대해, 사실 나는 기억하고 싶지 않다. 그것들은 단조로운 것이며, 추억보다 훨씬 덜 강렬한 것이다, 나의 몸은 유아용 '보행기' 속에 있는 것과 마찬가지로 가족 그룹 속에 속해서, 거기에 삽입되어 있는 것일 뿐이고, 나의 몸이 고유한 이야기를 가지고 있지는 않은 것이다. 이것은 말하는 방식일 뿐이다, 왜냐하면 나의 추억은 명료하지 않기 때문이다. 그것은 지저분한 것을 아랑곳하지 않고 입에 넣은 사실이 아니라(그것에 대해서 나는 어떤 기억도 가지고 있지 않다), 뒤따라왔던 질책이다. 그것은 사람들이 나의 이마에서 뽑아낸 여드름, 나에게는 뱀처럼 길게 보였던 길고 검은 여드름이다. 그것은 마르크앙바뢸Marcq-en-Barœul에 있는 할머니 집에, 정원 안쪽에 있는 화장실의 나무로 된 변기 뚜껑이다. 그것은 장난감 가게의 그늘지고 습한 가게 뒷방이다. 그것은 캠핑장에 있는 샤워할 수 있는 헛간 가까이에서 짖는, 줄에 매어둔 개다. 그것은 식당 안쪽에 있는 계단으로, 거기에서 나는 화장실에 간 어머니를 기다리고 있고, 아주 두꺼운 창유리를 통과하며 부드러워진 햇살이 지나가고 있다. 이런 추억들은 세 살 때로 거슬러 올라간다. 맨 처음의 추억들은 이야기들에 대한 추억임에 틀림없다. 사진의 추억들, 말하자면 사진과 일치하는 추억들을 나는 가지고 있지 않다. 나는 진부한 것들은 기억하지만 그것들을 직접 겪었다는 느낌은 없다. 어떤 사진에서는 내가 인상을 찌푸리고, 어떤 사진에서는 혀를 내밀고 있다는 것을 제외하고는, 또 내가 바보같이 보이거나 아니면 귀엽게 보이는 것을 제외하면, 나는 사진이 나에게 보여주는 것에 대해 관심이 없다. 나는 손에 잡혀 매달려 있다, 나는 방한복을 입고 있다, 나는 양동이와 새우 그물망을 가지고 있다, 나는 해변으로 떠날 준비를 하고 있다, 내가 머리 위에 인디언의 머리쓰개를 얹고 활시위를 당기는 모습은 일화의 극치를 이룬다. 이제는, 이 사진들의 진정한 주제는 보여주는 것이었고, 내가 부모님에게 소속되어 있다는 것을 증명하는 것이었다는 생각이 든다(그렇지만 그건 어쩌면 과장된 것일지도 모른다. 나의 부모님이 다른 어떤 방식으로 나를 사진에 담을 수 있었겠는가? 울고 있거나, 피를 흘리거나, 사고를 당하거나 실종된 모습으로 말인가?).

내 어머니의 추억들은, 내가 질문해보는데, 같은 순서다. 즉 브리 지방의 개에 대한 추억, 아버지의 장례 소식에 대한 추억, 페르시아 카펫 위에서 찌그러진 입술연지 케이스와 뒤따른 체벌의 추억 순이다. 그런데 어린 시절 어머니의 사진들은 어머니의 추억에 대해 아무것도 말해주지 않고, 아무것도 드러내 보이지 않는다. 그것은 맹목적이고 설명이 없으며 왜곡된 기억이다(어린 소녀들의 원피스 색깔이 약간 지나치게 어두운 것을 제외하면 아버지의 장례를 어떻게 짐작하겠는가?). 사람들은 가족사진의 존재 이유가 추억을 간직하는 것이라고 말하지만, 가족사진은 추억을 대신하는 이미지들과 추억을 완전히 덮어버리는 이미지들을 만들어내고, 후손들에게 이런 흔적을 남기겠다는 어렴풋한 희망 속에서, 한 가족에서 다른 가족으로 떠돌게 하는, 일종의 품위 있고 교체 가능하며 평탄해진 이미지들을 만들어내는 것이다. 문학적인 이야기가 아니라 겉치레뿐인 이야기인 것이다. 그래도 이 사진들은 말로 다할 수 없는 추억의 또다른 힘을 가지고 있다. 어떤 사진은 나에게 즉각적으로 열기에 대한 추억을 가져다줄 수 있다. 나는 내 몸이 천천히 그을린다는 인상을 받고, 내 발밑의 모래는 너무 뜨겁다는 생각을 하게 되며, 약간의 그늘이라도, 이 경우에는 사진의 그림자들이라도 나를 진정시킬 수 있다는 생각이 드는 것이다. 나의 아버지는 장난감들이 위험하지 않도록 항상 애를 썼으므로, 얼마 지나지 않아 곧 귀가 잘리게 된 그 흔들 목마의 사진은 나에게 가벼운 현기증, 장난삼아 일으키는 현기증의 추억을 주고, 그것으로부터 생기는 모든 격한 감정들의 그물망과 의미의 세계로 나를 되돌려놓는다, 하지만 나의 키가 더 이상 1미터 10센티미터가 아니니, 그것은 내가 더이상 가질 수 없는 감정들이다…

어떤 육체들은 나에게 매력적일 수 있는 반면에 그 육체들이 앞으로 겪을 변화는 나에게 혐오감을 주는 것이라는 점을 알고 있다. 예를 들어 허벅지 부분이 너무 깊게 파인 수영복들 그리고 배꼽까지 올라가는 수영복들은, 내가 몰랐던 것들이지만, 아주 빨리 뚱뚱해질 육체들에 있어서는 일종의 기호품이라는 것을 암시해준다.

나는 또한 이 사진들 덕분에, 부모님의 매력을 발견하는데, 그것은 어떤 경우에도 부모님과 연결시키려는 생각을 하지 못했던 개념이다. 즉 부모님들은 젊다는 것이고, 때로는 나보다 더 젊다는 것이다. 그리고 나는 그들의 미소와 구릿빛 피부와 날씬한 몸을 발견한다. 나는 그들을 욕망하기 시작한다.

내 자신의 육체에 대해서는, 사진은 거의 정보를 주지 않으며, 그저 내가 내 자신의 이야기에 다시 모아보려고 애쓰는 하찮은 정보들밖에 없다. 처음 몇 년 동안에는, 본능적으로 방실방실 웃고 있어서 소위 예쁜 아이의 모습이고, 금발은 머리 위에 '작은 슈크림' 모양으로 얹혀 있다. 그리고 열 살까지는 사진에서 항상 우스꽝스러운 표정을 짓고 있거나, 아니면 얼굴을 찡그리고 찌푸리며, 싫은 기색을 보인다. 그것은 아버지가 나를 자주 제레미Jérémy라고 불렀던 것을 상기시키는데, 그 이유는 내가 자주 탄식했기 때문이고* 또한 에르베Hervé 성인이 그의 동료 제레미와 같은 날에 태어났기 때문이다… 내가 장난감 인형인 어린양 아뇨두Agneaudou에게 드레스를 입혔던 사실에서 나는 어떤 징후를 보길 원한다.

　유년 시절의 사진 수집이 어느 시기에서 갑자기 멈춰버리는데, 그 시기는 사춘기 시절이고, 육체가 성적 특징을 드러내는 시기이며, 성인의 몸이 되어 털이 나고 거의 비슷해지는 시기다. 사진은 그보다 먼저, 완전히 집과 같아 저녁 외출 금지나 또는 꽤 나이를 먹을 때까지 부모님이 몸을 씻어주는 일처럼 사춘기 이전의 육체를 틀에 맞추고 적응시키려는 시도로 귀착된다. 그것은 의학 검진에서 하듯이 사진에 그 모습을 드

★　'탄식'의 의미를 나타내는 프랑스어 'jérémiade'는 예레미야의 프랑스식 표기법인 Jérémie에서 파생된 어휘다. 'Jérémie' 대신 영국식 이름인 'Jérémy'를 사용하면서 약간의 말장난을 하고 있다. 독자는 이 책의 저자 이름이 에르베Hervé임을 기억해야 할 것이다.

러내야 하는 육체이고, 아버지가 언제든지 보고 설명할 수 있는 처분 가능한 육체인 것이다. 내가 여덟 살이나 아홉 살이었을 때 나를 몹시 놀라게 한 대수롭지 않은 장면 하나를 기억한다. 나의 누이는 열두 살 아니면 열세 살이었고, 누이의 가슴이 겨우 막 형태를 갖추어서 높고 단단해졌다, 그전 해 여름에 바닷가에서 우리는 여전히 누이의 가슴을 보았지만, 아마도 그것이 우리가 누이의 가슴을 볼 수 있었던 마지막 여름이었을 것이다, 그다음 해 여름에는 나의 누이가 미리 마련해놓았을 브래지어로 가슴을 가릴 것이었다. 그날 아침, 분명히 어느 일요일이었을 텐데, 누이는 욕실 안에 틀어박혀 있었다. 그리고 아버지는 문 앞에서 손에 카메라를 들고 그곳으로 들어가고 싶어 했다. 아버지는 말했다. 그는 의도를 숨기지 않았다, 아버지는 딸의 가슴 사진을 찍고 싶어 했던 것이다, 가슴은 그 나이에, 막 부풀어 오를 때, 가장 아름다운 모습이라는 것이다, 그래서 그 사진을 찍지 않는다면, 완벽한 상태를 영원히 잃어버린다는 것이었다. 이것이 아버지의 설득 수단이었다. 아버지는 이미지를 통한 간접적인 점유를 고통스럽게 단념했고 동시에 한계와 싸웠으며, 포기와 단념의 국면을 한 단계 밀어내고 싶어 했다, 또한 동시에 관음주의의 관습 속에서 애인의 역할을 택하기 위해 아버지의 역할을 넘어서고 싶어 했다, 왜냐하면, 아버지와 애인 사이에서, 욕망이란, 분명히, 서로 아주 다른 것은 아니기 때문이다…

이 모든 사진들을 보면서 나는 자문하게 된다. '아버지는 훌륭한 사진가였던가?' 그렇지만 내가 좋은 것이라고 생각하는 사진들은 어린아이들이 찍은 것으로, 언제나 실패한 것들이고, 흐릿하거나 장면 구성이 좋지 않은 것들이어서, 본의 아니게, 현실에서 어긋난 사진 미학의 잘못된 코드와 일치하는 것들이다. 그러므로 창가의 돌 화분 앞에서 플래시를 터뜨려 찍은 지젤 숙모의 사진, 기계 장치로 작동하는 장난감을 잡아당기고 인상을 찌푸리는 어린애를 넓적다리 사이에 끼고 있는 숙모의 사진, 사진사의 그림자와 교차하는, 대칭을 이루는 넓적다리의 그림자가 있는 그 사진은 프리들랜더Friedlander의 영감을 받은 미국 사진일 수 있을 것이다. 배가 있는 항구의 흔들린(서투름 때문이라고 생각한다) 사진은 모호이너지Moholy-Nagy의 것일 수 있다. 긴 의자 위에서 머리를 뒤로 젖히고 있는 아주 하얀 피부의 젊고 명랑한 나의 어머니의 사진은 50년대의 부바Boubat*의 것이다, 그 사람은 레일라Leila가 아니라 쟈닌Jean-nine이다, 그렇지만 감정은 같은 것이다. 거울 속에 비친 어머니의 희미한 자화상은 나에게 히치콕Hitchcock을 생각나게 한다. 그렇지만 거의 전문적인 이런 사진의 상호 연관성에 나는 관심이 없다. 나는 다른 범주의 혼란을 찾고 있다.

★　　에두아르 부바Edouard Boubat(1923~1999): 프랑스 사진가로, 그의 연인인 레일라 Leila를 모델로 한 사진 작품 'Leila'가 유명하다.

이 많은 사진들 가운데서 나는 더 난해한 흔적들을 찾고 있다. 사진 뒤에 적힌 문구들은 대부분 대수롭지 않은 것들이고, 그것들이 표시해주는 것은 장소와 날짜들이나(1958년 6월 14일 캉브레Cambrai), 아이의 나이나(클로드, 4개월, 그리고 클로드 4개월 반), 지리적 상황이나(2,550미터 브레당Brédent 정상에서 미미Mimi), 또는 가족 관계(지젤을 추억하며, 그녀의 사랑스런 여동생 자닌Jeannine에게 포옹과 함께) 등이다. 그리고 단번에, 나의 어머니가 만년필로 적은 다음과 같은 두 개의 문구가 나에게 충격을 주는데, 죽음을 표시하는 것이기 때문이다. 자동차 안에서 물에 빠진 채 사망한 어머니의 아버지 테오의 사진 뒤에 적힌 '1938년 6월 20일, 37세에 사망', 그리고 자전거 사고로 사망한 어머니의 사촌 오데트의 사진 뒤에 적힌 '1950년 1월 25일, 18세에 사망'. 이 문구들은 사후의 것들이다, 그리고 마치 비극적인 죽음이 이 가족의 운명이기라도 한 것처럼 그 문구들은 너무 이른 죽음을 표시하고(천수를 다하고 자연사한 사람들의 사진 뒤에는 그와 같은 종류의 그 어떤 문구도 적혀 있지 않다), 숙명으로 얼룩진 죽음을 표시하고 있다. 나는 거기에서 어머니의 청소년기의 낭만주의적 기질을 알아보고, 갑자기 나를 어머니와 가깝게 느끼게 하는 성향을 발견한다. 이 사진들 뒤에는 어머니가 그 사진들을 붙여놓았던, 바둑판 모양으로 선이 그어져 있는 종이에서 떼어낸 흔적이 있다.

의례적으로 동물 가죽 위에서 벌거벗고 있는 갓난아이였

을 때 아버지의 사진을 보호하는 실크 종이와 그의 첫 영성체의 사진 사이에서 컬이 있는 적갈색의 긴 머리카락이 파란 리본에 붙어 있는 것을 발견하면서 나는 극도로 혼란스러워졌다. 그것은 사진에 있는 그 머리 꼭대기에 작은 슈크림 모양으로 있는 것과 같은 머리카락이지만, 머리카락을 실제로 잘라 붙여놓음으로써 희생제의적 분위기를 고조시킨 것이다, 그런데 머리카락은 그것이 잘렸던 날처럼 윤기가 나고 비단결처럼 부드러운 상태로 놀랄 정도로 잘 보존되어 거기에 있다, 나는 거기에 코를 가까이 대보지만 소용없다, 그 머리카락에서는 낡은 것의 냄새나 부패하는 그 어떤 냄새도 나지 않는다. 나는 그것을 내 손에 잡을 수 있다, 그러니 그것은 일종의 죽음을 알리는 메달이다, 왜냐하면 바로 사진들에서 보이는 모습을 제외하면 나는 항상 대머리인 아버지를 알았기 때문이다, 그래서 아버지의 머리카락이 빠져버릴지도 모른다는 두려움은 내 안에서 집착으로 변한다(곧바로 사진 촬영에 대한 생각이 떠오른다. 즉 오늘, 이 메달을 나의 아버지에게 붙잡게 하는 것이다, 그리고 그의 손에 있는 이 찬란한 머리카락 뭉치가 그의 손가락들을 화끈거리게 만드는 것처럼 하는 것이다…).

이 많은 사진 가운데서, 나는 여전히 수수께끼 같은 사진을, 아니면 신비로움을 제시해줄 사진을 찾고 있지만, 헛수고다, 친자 관계에 문제를 제기하게 하는 유사성이나 사진이 부주의로 포착했을, 어렴풋이 흐릿하게 나타난 몸짓 같은 것 말이다(그렇지만 사진들은 내구성이 좋지 않아 수많은 조각으로 찢어지기 쉬운 것들이다). 또는 사람들이 나에게 항상 말해주었던 가족 이야기와는 다른 이야기를 다시 쓸 수 있을, 또 그렇게 보이는 그런 인물들이나 그런 관계 같은 것 말이다.

나는 동성애를 향해 이 이야기를 끌어가고 싶은데, 내가 동성애를 찾아내는 것은, 예를 들어서, 강가에서 반쯤 벌거벗은 상태로 낚싯대를 들고 있는 금발의 어린이들(그들은 아마도 나의 어머니의 남동생들일 것이다)의 신비로운 사진들이나 또는 가장 큰 소년의 손이 가장 작은 아이의 어깨 위에 얹힌 채 그들의 납치범일지도 모르는 양복을 입은 젊은 남자에게 잡혀서 말에 올라타 있는 똑같은 소년들의 사진 속에서다. 또는 컴컴한 숲 앞에 있는 돌난간 위에 고립된 채, 미사경본을 붙잡고 있으려고 구부린 팔을 따라 늘어진 소매 달린 블라우스와 완벽한 줄무늬의 하얀 셔츠와 함께 축제용 옷을 입은 작은 금발 소년의 영성체 사진 속에서다. 어머니의 남동생과 함께 잔디 위에 누워 있는 아버지의 이 사진에서는 동성애가 분명하게 보이는 것 같은데, 어머니의 남동생은 그의 손을 아버지의 어깨 위에 얹고 있고, 아버지의 머리는 뒤쪽으로 젖혀 있으며, 황홀감에 가까운 미소를 머금고 눈을 감고 있다, 그런데 그의 머리 가까이에는 잔디 위에 투사된 그림자도 있는데, 그것은 틀림없이 사진을 찍은 어머니의 머리일 것이다, 그리고 이런 동성애적인 흔적들은 물론, 나 자신의 투영인 것이다.

분명히 같은 날에 찍힌(같은 배경, 같은 조명, 같은 크기, 똑같은 흰 가장자리 여백) 나의 할머니와 익사한 나의 할아버지의 사진들. 스튜디오에서 찍은 그 사진들에서 나는 육체적인 사랑의 흔적들을 찾아보려고 한다, 왜냐하면 그들의 관계가 네 번의 출산을 있게 했지만, 단추를 끝까지 채운 셔츠에 카디건 단추를 위까지 채운 그들의 수줍은 모습은 관능성을 조금도 내비치지 않기 때문이다, 나는 그 일에 열중해보지만 기껏해야 아주 희미하고 세련되지 않은 성생활을 상상할 수 있을 뿐이다. 반대로, 열여덟 살 무렵의 어머니의 즉석 사진과 열다섯 살이나 열여섯 살인 어머니의 남동생들 중 한 명의 즉석 사진, 흡사한 이 두 사진의 결합은 신문의 사회면 기사에 나오는 위험한 두 연인처럼 즉각적이며 격렬하고 우웃빛이 감도는 북유럽적인 성생활을 끌어낸다. 보지라르Vaugirard 로路에 있는 비달 스튜디오에서 찍은 나의 대고모 쉬잔Suzanne의 그런 증명사진에서 나에게 충격을 주는 것은 흡혈귀 같은 분위기다. 누이 결혼식의 엑타크롬 필름이 이미 푸르스름하게 변해서 기쁘다…

　바보 같은 관례에 따른(바보 같다는 것은, 휴가 중이거나 또는 학기 중에 사진 찍을 기회나 상황을 놓치지 않고, 우리가 거기에 모두 함께 있었다는 것을 기억하기 위해서, 그리고 추억의 구성원들이 완전히 흩어져버리기 전에, 우리가 렌즈 앞에 함께 모여 생생한 그림을 만든다는 것이다) 이 모든 가족사진들 가운데, 불가사의하게,

도마뱀 사진과 결핵성 뇌 사진과 볼펜으로 화살표가 표시되어 있는 곤들매기의 기생충의 극체 피낭(분화구 형태이므로 나는 거기에서 나의 어머니의 음부를 찾아보지만 헛된 일이다) 사진이 들어 있는데, 내가 추구하고 있는 수수께끼를 형성해주는 것은 이런 흩어진 사진들이다.

베르나르 포콩에게 시퀀스 제안

나의 아버지 이름은 세르주다, 아버지는 나를 에르베 세르주Hervé Serge라고 불렀다.

나의 아버지는 내 몸에서 내가 아버지의 아들임을 증명해주는 표시들을 보여주었다. 즉 엄지손가락 마디에 없는 그 뼈, 아마도 살 속으로 파고든 것 같은 그 발톱, 그 모든 선천적인 증거들, 작은 변형들 같은 표시들이다.

아버지와 어머니는 잘 규정된 한도에 따라서 내 몸을 서로 나누어 가졌다, 아침에 어머니가 나의 몸을 차지할 때는, 어머니는 나를 일으키고, 옷을 입히며, 소변을 보게 하고 엉덩이를 닦아주었다. 저녁에 아버지가 내 몸을 차지할 때는, 아버지는 침대 위에 서 있는 나의 옷을 벗기고, 잠옷을 입혀주었다. 아버지는 욕실에 가서 솜뭉치와 오드콜로뉴를 찾아오곤

했다. 아버지는 무릎 위에 타월을 펼치고 나의 다리를 타월 위에 올려놓았다. 아버지는 알코올을 적신 솜으로 내 발가락 사이를 하나하나 닦기 시작했다. 아버지는 나를 잠자리에 눕혔고, 내가 잠자는 동안 침대에서 떨어지지 않도록 커다란 침대 시트를 금속 집게로 매트리스에 고정시키면서 침대 가장자리를 정리해주었다. 어둠 속에서 아버지는 나와 함께 '주기도문'과 '성모송'을 암송했으며 나를 포옹해주었다, 그러면 나는 잠들었다.

나의 아버지는 내 코딱지를 잡아 뜯었다. 아버지는 내가 보고 싶어 했던 18세 이하 금지 등급 영화(〈비리디아나Viridiana〉, 〈로즈메리의 아기Rosemary's baby〉, 〈테오레마Théorème〉)를 보러 들어갈 수 있도록 큰 레인코트 속에 나를 숨겨주었다.

여인들에게 양육된 나의 아버지는 당신의 아버지를 전혀 알지 못했으므로, 아버지의 환상은 분명히 아들을 갖는 것이고, 내 입장에 서는 것이었다. 그리고 나의 환상은 아버지의 역할을 하는 것일 테고, 열세 살 때까지 아버지가 나에게 해주었던 발 닦기와 잠자리에 들게 하는 예식을 아이와 함께 다시 해보는 것이었다.

아버지는 이미 대머리였다. 그래서 나는 장미 꽃잎과 바나나 껍질과 알코올 속에 오랫동안 밤을 담가놓은 알코올로 아버지의 두피를 문지르면서 머리를 다시 자라게 하고 싶었다. 내가 대머리가 될 차례가 되었지만 나는 아들이 없다.

활동사진

1951년에 나의 누이가 태어나고 이어서 1955년에 내가 태어났을 때부터 아버지는 당신이 열여섯 살에 영국에서 중고 상품으로 구입한 자이스 이콘Zeiss Ikon 카메라로 사진들을 찍었고, 동시에, 아버지의 숙모가 그분의 남편이 사망하자 아버지에게 준 16mm 카메라 파야르Paillard로 활동사진들을 찍었다. 나는 가족의 기억이 사진과 활동사진으로 어떻게 다르게 구성되는지 알아보기로 했다, 그래서, 나는 사진들을 참조하고 동시에 활동사진들을 영상으로 보기 위해서 부활절 주말 동안 나의 부모님 집으로 돌아갔다…

나는 이런 영화 상영들에 대해 눈부시게 아름다운 추억을 가지고 있었다, 나의 유년기에, 일요일 오후에는, 영사기 설치와 커튼 닫기, 그리고 돌아가는 둥근 필름을 감는 틀 소리,

마찰되는 필름이나 또는 기계 장치의 기름 냄새가 풍기는 아주 특별하고 조금은 열기에 찬 그 냄새, 모터의 바람, 환풍기 소리가 있었다. 영화 상영은 샤를로Charlot의 필름으로 끝나곤 했는데, 그것은 변함없이 〈샤를로가 스프를 내놓는다〉였고, 그 필름은 내가 무엇을 이해해서 웃는 것인지 잘 알 수 없는 것이었지만 어쨌든 나를 웃게 만들었던 영상이라는 것을 알아차리면서 다시 보았던 것이었다… 반대로, 나는 각각의 몸짓, 각각의 단락을 거의 다 기억했다. 즉 라울Raoul 삼촌의 결핵 요양소에 관한 이동 촬영, 나의 부모님의 결혼, 나의 누이의 탄생, 프로펠러 비행기로 마다가스카르Madagascar로 떠나는 에두아르 삼촌의 출발, 샹티이Chantilly에서의 말 경주, 사촌 장 클로드의 결혼 등이었다… 가족 영화는 끝과 끝을 맞대어 붙인 둥근 필름 틀 약 열 개 정도로 구성되어 있고, 연도별로 번호가 매겨진 하얀 양철 상자 속에 정리되어 벽장 꼭대기에 있었다. 그리고 가족 영화는 변함없는 시나리오, 즉 결혼, 출생, 출산 후 어머니로서의 역할(무게를 재고, 기저귀를 채우며, 파우더를 바르고, 젖을 물린다), 축일, 크리스마스, 주현절 축제용 파이, 생일, 약간 예외적인 외출, 투우, 바다 여행 등에 따라 전개되었다… 아버지는 달력에 있는 날짜를 채택하거나 또는 자동차 번호판의 두 숫자를 분리하면서 날짜를 촬영하는 것으로 시작했으며, 그러고 나서 길가에 있는 신호 표지와 킬로미터 표지판을 촬영했다. 해를 거듭할수록 휴가 장소들이 줄지어 지나갔다, 타롱, 라파피에르, 뤽쉬르메르, 에그벨, 크와드비, 르옴바라빌…

이런 상영은 향수에 젖어 회고할 기회를 주었다. 영사기를 작동시키지 않은 것이 10년이 되었을 테지만, 또한 이번이 아마도 영사기를 작동시키는 마지막 기회일 것이었다. 어머니의 신경과민 증세가 더 심해졌고(아마도 젊은 자신의 모습을 다시 본다는 두려움일 것이다) 우회적이고 어처구니없는 불안으로 표현되었다("변압기 냄새가 난다, 그만 멈춰라, 불이 나겠다"). 필름은 무성이었고 따라서 어떤 자막들이 그 필름들을 장식할 것이며 가족의 어떤 이야기가 그 이미지들에 덧붙여질 수 있는가에 나의 관심이 쏠렸다. 묘사적인 재잘거림에서 벗어나는 문장들을 여기저기에서 찾아내면서 나는 그 이야기가 어느 정도까지 가슴이 미어지는 것이며 죽음을 전달하는 것인지 이해할 수 있었다. 나는 그중에 몇 가지를 여기에 순서대로 옮겨 적는다.

　– 로베르는 자살했다…

　– 에두아르는 다리를 잘라냈다…

　– 그 안에는 죽은 사람들이 많이 있다…

　– 앙드레, 그가 얼마나 변했는지 보아라…

　– 르네가 완전히 포동포동해졌다…

　– 날씨가 추웠고, 나는 몸이 얼었다, 내가 어떻게 머리 손

질을 했는지 보아라…

- 반원 아치가 썩어서 완전히 걷어냈다…

- 너도 알겠지만, 총천연색이 더 나을 것이다. 꽃들이 있고, 초록빛 풀도 있을 것이니까…

- 그녀가 사고를 당한 곳이 바로 그곳이다, 그녀는 이마를 바닥에 부딪히며 넘어졌다…

- 내가 얼마나 날씬했는지, 배도 안 나오고, 아아, 참 기막히네…

- 나는 필름들이 낡은 것은 아닌지 의아하게 생각한다. 그것은 이보다 훨씬 더 선명했었는데…

- 그는 물에 떨어졌고, 그는 죽었다. 수문에서 그를 찾아냈다…

- 당연히 토마토지, 총천연색이었다면, 그게 토마토라는 것을 볼 수 있을 텐데…

- 우리가 보고 있는 것은 분명히 성모마리아야…

- 거기, 쉬잔은 국부 통증을 느꼈다…

- 이 필름들을 보는 게 어쩌면 이번이 마지막일 수도 있겠구나…

- 인형은 그 일생 동안 완전히 벌거벗은 상태로 있었다…

- 우리는 수영을 했다. 물은 따뜻했다…

- 이 모든 것이 바로 어제였던 것 같은데, 20년 전, 30년 전 일이다…

여기에서는 인물들이 그들의 움직임 때문에 사진에서보다 더 생동적인 것처럼 보인다 하더라도, 가족사진에서도, 박탈과 상실과 관련된 똑같은 슬픈 이야기가 가슴 아픈 독백처럼 시작되었을 거라고 나는 생각했다, 그리고 나는 이 허망한 움직임이 슬픔을 가중시키는 것인지 아니면 시간의 일시적인 망각인 것인지 자문했다…

그런데 나, 나는 이 필름들을 다시 보면서 어떻게 보았던가? 나는 몇몇 장면에 다시 마음을 사로잡혔는데, 크리스마스에 한 켤레 양말 선물 꾸러미를 푸는 할머니의 손 장면, 눈이 내리는데 굴러가는 검은색의 낡은 전륜구동, 자동차 창문으로 물 한 잔을 쏟아버리는 무거운 모피 외투에서 나온 여인의 가느다란 손, 또는 달력의 낡은 그 그림이나 또는 길을 뒤덮는 양떼 같은 것들이다(나는 전체 필름에서 이런 장면들을 분리해서 따로 작은 필름에 편집하고 싶지만, 그것은 아주 짧고, 초현실적일 것이다).

그렇지만 내가 특히 주목하는 것은 나의 시선이 10년의 간격을 두고 에로틱해졌다는 것이다. 예를 들어, 해변에서는, 그것이 가족의 주제에서 멀어지거나 또는 그 중심을 벗어나면 즉시 그 장면은 나에게 흥미로운 것이 되었다. 결혼식 미사에 나오는 장면에서 나의 시선을 사로잡은 것은 배경에 보이는 합창대 어린이들의 말 뛰기 놀이지, 결혼 행렬이 아니다, 결혼 행렬에서 내가 아는 얼굴들을 알아보려고 애써볼 수 있는

데도 말이다. 나의 욕망은 가족의 범주 속에 불청객처럼 억지로 끼어든 인물들에게로 향한다.

해마다 휴가지에서 찍은 사진들, 그리고 1960년에 컬러로 채색되다가 아이들이 크고 이상한 옷차림에 순응하지 않을 때인 1967년에 완전히 중단된 이 필름들을 통해서 나는 찾아보려 한다. 이 이미지들 가운데서 나의 몸에 대한 인식의 변화를 식별해보려고 하는 것이다. 부풀어오르고 정맥이 드러나보이는 어머니 젖을 빠는 내 모습을 보면서 나는 충격을 받았다. 서른 살의 아버지를 보면서 나는 다음과 같이 혼잣말을 했다. '아버지가 오늘 내 앞에 저렇게 나타난다면 나는 정말 아버지와 자고 싶을 것이다.' 그렇지만, 이런 터무니없는 확인 사항 다음에, 나에게 드러난 것들은 아주 사소한 것들뿐이다. '어머나, 그 시절에 내가 아직도 팔찌를 차고 있었네.' 또는 '어머나, 나는 이미 겁쟁이였군, 나를 배에서 내려오게 하려면 선교 위에서 나를 팔에 안았어야 했어.' 또는 '어머나, 나는 물을 좋아하지 않았군.' 또는 '그 시절에 나는 해변에서 상반신에 옷을 걸치지 않은 채 타이티 모자를 쓰고 트위스트를 추는 걸 두려워하지 않았다'는 것이다.

아버지는 이미지들의 진부함에 대해 미안해한다. "네가 실망했겠구나." 아버지가 나에게 말한다, 그것은 단지 가족의 활동사진일 뿐이다. 그렇지만 내가 다른 것을 기대한 것은 아니었다. 마지막 필름들 속에서는 바닷가에서 옷을 벗고 물속으로 뛰어드는 장면들이 극도의 흥분과 함께 해마다 반복되고 있다. 그렇지만 이런 하찮은 것들 이면에서, 나는 좀더 잔인하게, 점진적으로 쇠약해지는 육체들의 변화의 이야기를 그려본다.

필름 상영이 있는 저녁이면 나는 반향이 아주 잘되는 내 방 칸막이 뒤에서 나의 아버지가 어머니에게 슬그머니 말하는 소리, 그렇지만 주장하는 어조로 말하는 소리를 듣는다. "여보, 막내를 재우고 나서 잠깐 나를 보러 와." 그래서 나는 그들의 젊은 시절의 이미지를 최종적으로 다시 보여준 이 필름들이 그들에게 고통스러운 자극제 역할을 했다는 것을 상상할 수 있다.

늙어가는 연인들이 서로에게 말하는 것은 다음과 같다. "우리의 육체가 동시에 노쇠해지지만, 나에게 당신은 오로지 한 몸만을 가진 것이 될 거야. 당신 머리카락들이 아주 천천히 없어져서 당신이 대머리가 되었다는 것을 나는 알아차리지 못했어, 매우 아름다운 당신의 머리를 나는 잊어버렸어, 그러나 내가 당신 눈을 바라볼 때, 나에게는 당신 머리가 언제나 당신 이마를 덮고 있어. 눈은 늙지 않는다고 사람들은 말하지. 당신이 살아온 모든 연령의 당신 모습을 나는 동시에 보고 있는 거야. 그리고 당신 배는 내 배 위에서 납작해지는 이런 지방 덩어리가 아니야, 나는 그걸 더이상 느끼지 못하겠어, 당신의 음경은 절대로 물렁물렁하지 않아. 그리고 여보, 당신

가슴은 쳐져 있지 않아, 또는 가슴이 쳐져 있어, 그런데 나는 당신 가슴이 쳐져 있는 것을 좋아해. 우리의 육체는 이제 우리에게는 무감각해지고 보이지 않아, 그리고 영사기의 빛나는 그림 속에서 유령처럼 지나가는 이 젊은 육체들을 우리는 비밀스럽게 사랑하고 동시에 증오하기도 해. 우리는 그 육체들을 사랑하지, 역방향의 마술로 우리가 이미지 속으로 들어가길 갈망할 정도로, 그리고 이미지를 꽉 껴안고 그것과 함께 과거로 되돌아가길 갈망할 정도로 말이야. 또한 우리는 육체들을 증오하지, 우리가 그 육체들을 괴롭히길 바랄 정도로 말이야, 또한 우리가 이미지를 해체시키면서 이미지에 게걸스럽게 포만감을 느낄 수 있게 하기 위해서 고정된 이미지 상태로, 필름을 램프 앞에 지나치게 오랫동안 멈춰서 필름이 불타도록 내버려두길 바랄 정도로 말이야. 우리는 그 육체들을 증오하지, 육체들을 변형시키고, 절단하며, 이 비열한 환상들, 지나치게 아름다운 이 환상들이 더이상 우리를 경멸할 수 없도록 필름에 직접 바늘 끝으로 줄을 그어 지워버리고 싶을 정도로 말이야… 왜냐하면 끊임없이 당신이 그녀와 함께 나를 속이고, 나는 그와 함께 당신을 속이기 때문이야. 나는 그와 함께 나를 속이고 당신은 나와 함께 당신을 속이는 것이야. 추억이 그렇게 쉽게 지워지지는 않아."

홀로그래피

나는 비오이 카사레스Bioy-Casarès의 《모렐의 발명》을 절대로 정확하게 기억하지 못한다, 그러니 내가 하는 이야기는 아마도 다른 이야기가 되어 끝날 것이다. 한 조난자가 페스트가 창궐한 어느 섬에 도착한다, 그는 멀리서 정장 차림을 한 사람들이 어떤 집을 향해 가는 것을 본다. 그는 거리를 두고 그들을 따라가서, 그들을 관찰한다. 그는 그들을 죽이길 바라거나 또는 사랑하고 싶어 하기 이전에 우선 그들을 알고 싶어 한다. 그들 가운데 아주 아름다운 한 여인이 있는데, 그녀는 약간 따로 떨어져 있고 매일 아침 똑같은 산책을 한다. 그는 나무들 뒤에 숨고 바위들을 건너뛴다, 그녀가 이동하는 것을 보는 것, 그 자체가 기쁨의 원천인 것이다. 어느 날, 그가 마침내 그녀에게 다가가려고 하지만, 여인은 그를 보지 못한다, 그는 그녀를 가로질러 지나가고 그녀는 멀어진다. 그 집 지하실에서는 터빈으로 혼합된 바닷물이 모렐의 발명품인 그 이상한 기계를 작동시키고 있다. 그는 자신의 불멸성을 지키기 위해서 섬 근처를 오염시켰던 것이다. 이 모든 인물들은 죽은 것이었고, 그들이 이 섬에 체류하는 동안, 자살하기 이전에, 그들의 이미지들과 실루엣, 그리고 그들의 활동이 사로잡혔던 것이다. 이런 다원적인 사진에 의해 그들의 육체가 사로잡혔다는 사실이 어쩌면 그들의 죽음을 결정했는지도 모른다. 죽음이 투영되는 것으로 결정되자마자 곧 살갗은 갈가리 찢어지고 손톱과 머리카락이 빠져버리는 것이다. 조난자는 자신이 사랑하는 그 여인이 남자들 중의 한 명과 포옹하는 것을 목격하지만 속수무책이다, 그렇지만 죽은 사람을 다시 죽일 수는 없는 것이어서, 그는 단지 그들 사이에 끼어들 수 있을 뿐이지만 아무것도 얻어내지 못한다. 그래서 그는 기계들을 부숴버린다, 그러자 물이 집으로 스며든다, 그리고 인물들은 두 번째로 죽고, 테이프와 회선들은 파괴된다. 조난자 자신도 모렐에 의해 연출된 인물이었다, 그리고 이런 종말론적인 대참사는 매번 대조大潮가 있을 때마다 간헐 온천처럼 반복되는 스펙터클의 인기 종목일 뿐이다. 아니다, 그게 아니다, 조난자에게 차례가 돌아와 그는 영원의 세계에서 여인 곁에 자리를 차지하기 위해서 기계를 작동시킨다, 그의 모든 동작들은 언젠가 관객이 와서 "그들은 서로 사랑했었구나…"라고 말해주기를 바라는 희망 속에서 그녀의 동작들에 따라 재현된다, 홀로그래피는 시체의 방부 보존이나 저온 보존같이 사치일 수 있다. 즉 유령과 같은 분신의 보증일 수 있는 것이다.

증명사진 I

나는 경찰청에 갱신 서류 양식을 찾으러 갔다. 나는 콩코르드 지하철역의 컬러 즉석 사진 기계에서 네 가지 다른 포즈로 사진을 찍었다. 나는 플래시가 두 번만 터지는데 네 장을 만들어내는 사진 기계를 좋아하지 않았다. 나는 한 번도 웃은 적이 없었고 플래시가 터질 때는 나도 모르게 눈을 감아버리곤 했다. 나는 구청에서 두 장의 사진을 나란히 놓은 채 있었는데, 아무 상관도 없는 그 두 얼굴은 두 명의 다른 사람이었다. 10년의 간격. 이 간격 동안 모든 일이 일어났던 것이다. 10년, 유효 기간. 두 조각으로 잘려 스카치테이프로 다시 붙인 너덜너덜한 옛날 신분증에 있는 겨우 열두 살인 아이의 얼굴. 상냥한 미소를 지닌 아주 깔끔한 어린 소년인 나의 깨끗한 머리. 짧고 뻣뻣한 나의 머리카락. 눈 정면에서 플래시가 터지는 것을 피하려고 중간 옆모습으로 찍힌 아직 포동포 동한 나의 얼굴. 나의 블레이저코트, 신분증은 1967년 6월 22 일에 작성되었다, 나의 나비넥타이. 어쨌든 약간은 바보 같은 얼굴.

10년이 지난 후, 1977년 6월 21일이었다. 사진들은 전날 찍은 것들이었고, 컬러 사진들이었다. 그 사진에서 내 모습은 몹시 불쾌한 표정을 짓고 있었다. 나는 여전히 블레이저코트 를 입고 있었지만 나의 머리카락들은 길고 컬이 만들어져 있 었다. 나는 혼잣말을 한다. '이 10년 동안 모든 일이 일어났다. 삶에 대한 나의 욕망을 전적으로 무효화하지 않기 위해서 나 는 오늘, 추억을 거부한다.' 이 10년 사이에 일어났던 것을 내 가 회상하고 싶어는 했었나? 모든 것, 그리고 지나치게 많은 것, 내가 되었던 것, 암울한, 이 얼굴.

나는 예전의 내 얼굴 사진을 다시 갖고 싶다고 요청했다. 다른 사람인 것 같은, 그런 표정을 짓고 있는 그 나이의 내 모 습을 보여주는 사진으로는 그것이 아마도 내가 갖고 있던 유 일한 사진이었을 것이다. 그렇지만 직원이 거절했다, 그는 그 사진을 남겨둬야 한다고, 나에게 사진을 돌려주기 위해서 사 진을 떼어낼 수 없다고, 사진은 기록 보관소에 보존될 것이라 고 나에게 말했다, 나는 우스꽝스럽게 보일 까 봐 염려되어서 끈질기게 요구하지는 않았다. 나는 옛날 신분증 위에, 예전의 얼굴 바로 옆에 호치키스로 고정된 나의 새 얼굴을 보았다. 나는 직원이 내 얼굴 한가운데에 호치키스를 찍은 것을 눈여겨 보았다. 호치키스는 내 오른쪽 뺨 속으로 들어갔다가 코 가까이로 다시 나왔다, 그리고 나는 그것을 어떤 표시 같은 것으로 보았다…

증명사진 II

　그날 오후가 끝날 무렵에, 조금 쉬기 위해서, 그리고 만약을 대비해 다시 외출하기 전에 샤워를 하기 위해서 나는 집으로 돌아왔다, 여행 중인 친구와 밤 10시에 라쿠폴 바에서 만나기로 했던 것이다. 그날 저녁 더위는 분명히 무척 견디기 힘든 것이었고, 나는 매우 피곤했던 것 같다, 왜냐하면 집에 돌아오자마자 침대 위에서 몸을 웅크리고 깊은 잠에 빠졌으니까 말이다. 나는 악몽의 쓸쓸한 뒷맛과 함께 깜짝 놀라 깼다. 내가 잠자리에 들었을 때는 아직 날이 밝았었다. 그런데 그때는 벌써 밤이었다. 열린 창문을 통해서 들려오는 소리들은 더 이상 같은 것들이 아니었다. 평소에 나는 사람들이 늦게까지 길거리를 돌아다니는 이런 무더운 여름날 저녁에는 일종의 환희를 느꼈었다. 그런데 그때는, 화가 날 뿐이었고 당황스러울 뿐이었다. 방금 자명종을 보았는데, 밤 9시 45분이었던 것이다. 내가 제시간에 약속 장소에 나가려면 점퍼를 입고 내 원룸 문을 열고 열쇠로 잠글 시간과 엘리베이터를 타고 다시 길로 나갈 시간밖에 없었다. 몇몇 꿈속에서처럼 아스팔트가 조금 지나칠 정도로 내 발걸음을 붙잡아 당기는 것 같았고, 인도는 나의 걸음걸이와 반대로 나 있는 것 같았지만, 내가 마주치는 시선들은 완전히 현실성을 지니고 있었다. 내 시계를 보면서 나는 택시를 탈까 망설였지만 결국은 지하철로 내려갔고, 달려가서 금속 구멍 속으로 교통카드 정액권을 밀어 넣었다. 보지라르-몽파르나스*, 갈아타지 않아도 되었다.

지하철이, 때마침, 도착했고, 나는 꼬리 쪽에, 첫 번째 칸에 올라탔다. 거기서 나는, 내 앞쪽은 어쩔 수 없고, 옆 사람이 없는 접이식 의자들 중 하나에 앉았다. 나와 마주하고 있던 사람, 흑인이었던 그 사람의 시선을 견뎌야 하는 상황을 만들지 않으려고 나는 비스듬히 앉았다. 그런데 같은 칸 다른 쪽에 내 의자와 평행을 이루는 자리에서 벌어지던 광경이 나의 시선을 끌었다. 머리를 빡빡 민 한 청년이 검은색 비닐 봉투에서 아직 빳빳하지 않고 축축한 사진들을 꺼내서 그것을 하나씩 분리하더니 자기 위쪽 유리창에 차례대로 붙이기 시작했

★   파리 지하철 12번 노선 구간으로 보지라르 역에서 몽파르나스 역까지 네 정류장이다.

다, 아직 축축한 사진들은 유리창에 별 어려움 없이 달라붙었다. 그는 사진들을 진열했고 이런 전시회에 자신이 진열한 순서에 감탄하는 것 같아 보였다. 나는 사진들을 상세하게 보려고 했다. 흑백 사진들이었고, 대부분 초점이 흔들렸고 질이 좋지 않았으며, 테두리가 없는 13×18mm 크기의 사진이었다. 여러 얼굴들이 모여 있거나 홀로 있는 실내 장면들이었다. 나는 지저분한 모습을 한 긴 머리의 어떤 여자아이의 형상을 알아볼 수 있었다, 모여 있는 사람들 가운데는 머리를 빡빡 민 다른 남자 아이들도 보였다. 그리고 그 청년은 자신의 표정을 풍자적으로 희화시켰고, 과장된 몸짓을 하거나 눈썹을 찌푸리며 사진에 찍힌 이런저런 인물들 앞에서 자신의 기쁨이나 불만을 두드러지게 나타냈다. '친구들인가 보군.' 나는 생각했다. 지하철의 몇몇 승객들은 상당히 어리둥절한 기색을 보이며 나처럼 그 광경을 바라보았다. 그런데, 그 청년은 자신이 관찰되고 있다고 느끼자 곧바로 태도를 바로잡고, 평범하고 경직된 자세를 취하며 꼼짝하지 않았다, 그러더니 자신의 눈앞에서 뚜렷하게 드러나는 전시회에 완전히 몰두해서 다시 되는대로 행동했다. 그리고 갑자기 큰 충격 같은 것이 있었다, 내가 잘못 볼 수는 없는 노릇이었다. 그 청년이 심술궂게, 검은 비닐 봉투에서 아직 빳빳하지 않은 사진 하나를 막 꺼내서 그것을 곧장 유리창에 붙였는데, 사진에는 내가 있었던 것이다. 나는 내 곱슬머리와 나의 흰 셔츠와 나의 입을 알아보았다, 그러나 동시에 나의 얼굴은 비경 검사 기계나 아니면 거꾸로 놓인 라디오 헤드폰으로 상당 부분이 가려져 있었다. 나는 그런 모임에 간 적이 없었다, 나는 그 청년을 본 적이 없었다. 나는 그 얼굴이 내 얼굴일 수밖에 없다는 것을 잘 알았고(아니면 나와 꼭 닮은 사람의 얼굴인가?), 그와 동시에 그 사람이 나일 수 없다는 것도 잘 알았다. 몽파르나스 역, 미친 듯이, 그 청년은 벌떡 일어났고 플랫폼으로 펄쩍 뛰어내렸다. 나는 홀려서, 내 자신이 내려야 한다는 것을 잊어버릴 지경이었다. 그는 모든 사진들을 유리창에 그대로 남겨두었다. 곧바로 흑인이 자리에서 일어나 뻣뻣한 머리카락의 여자가 나온 사진을 가져갔다, 그리고 나는 내가 찍힌 사진을 가지고 겨우 플랫폼으로 뛰어내릴 시간밖에 없었다. 그 청년은 들썩들썩 불규칙적인 제스처를 하면서 나에게 군대식 경례를 했고, 빙그르 돌더니 사라졌다. 나는 그에게 말하러 갈까 망설였다. 그는 내가 손에 사진을 들고 있는 것을 보았다, 그러더니 웃는 것 같은 표정을 지었다. 그는 밤낮으로 나를 따라다녔으며, 내 사진을 찍었고, 내가 한 번도 간 적이 없는 장소에 나를 끼워 넣으며 합성 사진을 만드느라 자기 시간을 보내고 나서, 중국의 악마처럼, 얼굴을 찡그리면서 나에게 그것들을 보여주었던 것인가? 처음에 나는 그를 뒤쫓아 달렸다, 그리고 나서 나는 다시 침착하게 생각을 가다듬고 내 약속 장소로 가기 위해 발길을 돌렸다. 나는 우선, 사진을 찢어버릴지, 아니면 간직할지 망설였다.

즉석 사진
피렌체

… 즉석 사진은 내가 가장 자주 하는 활동이 되었다. 사진은 20년 동안 파괴 불가능하고 변질되지 않는 것으로 그 품질이 보증되었다. 사진은 여권, 신분증, 사업증명서, 무기소지증명서 용도로 사용될 수 있다고 기계에 적혀 있었는데, 누군가 '자기도취증'이라고 덧붙여 적어놓았다. 나는 400리라로 이 즉석 사진을 여러 번 다시 찍었다. 기계에서 나오는 그 이미지들이 나의 고독을 더 강화시켰는지, 아니면 그 이미지들이 고독에서부터 나를 분리시켰는지 나는 잘 알지 못했다. 나는 그 이미지들 중 하나를 가지고 상점에 가서 나의 무덤에 놓을 메달을 주문했다…

자화상

자화상은 나체 사진, 인물 사진, 정물 사진 또는 풍경 사진처럼 회화 전통에서 계승되는 사진의 전통이다(게다가, 우리는 다음과 같이 자문해볼 수 있을 것이다. 르포르타주에서가 아니라면, 사진의 특수성은 어디에 있는 것인가?). 사진가들의 몇몇 자화상이 곧바로 내 머릿속에 떠오른다. 즉 거의 얼굴보다 더 큰, 아주 크고 고풍스러운 기계를 팔을 쭉 편 채 들고 있는 젊은 케르테츠Kertész의 음영이 있는 옆얼굴, 지난 세기에, 긴 흰 천으로 허리띠를 맨 백인대장 청년들에게 감시받으며 십자가에 매달린 자신의 모습을 사진 찍게 한 귀족적인 미국인 F. 홀랜드 데이Holland Day의 고통당하는 자화상들, 피에르 몰리니에Pierre Molinier와 최근에는 우르 류티히Urs Lüthi의 변장한 자화상들, 벌거벗은 자신의 모습과 발이 묶인 채 거꾸로 매달린 모습을 촬영하고, 눈 속에 길게 뻗어 있는 시체가 가시덤불과 지렁이에 갉혀 먹히고, 원시의 대지에 다시 편입되는 모습을 사진 촬영 한 디터 아펠트Dieter Appelt의 희생제의 같은 것이다. 두에인 마이클Duane Michals은 〈체인지〉(변화)라는 제목의 프로젝트에서 자신의 출생에서 출발하여 해마다 촬영한 자신의 유년기 사진을 모으고, 분장으로 노쇠 과정을 빨리 만들며 지팡이에 의지하는 몸이 굽은 자신의 모습을 사진 촬영하고, 1997년에는 마침내 자신의 죽음을 계획하는데, 그는 일종의 시체 부검 제대인 탁자 위에 길게 누운 채, 어쩌면 그의 양아들일지 모르는 남자인, 역시 벌거벗고 있는 젊은 남자의 두 팔에 허리 부분이 붙잡혀 있다, 그 젊은 남자는 그를 회색 수의로 완전히 덮기 전에 마지막으로 그를 다시 일으켜 세우려고 노력하는 것이며, 회색 수의 아래로는 오직 움직이지 않는 작은 언덕만이 보일 뿐이다. 나는 이 모든 자화상들을 아주 좋아하지만(바로 이런 것이 확실한 소장품의 유형이다) 내가 보기에는 그중에 어떤 것도 그 영향력에서 렘브란트의 자화상에 이르지 못하는 것 같다. 그러니 사진은 회화보다 덜 강력하고 또한 동시에 더 정확하며 더 표면적인(사진은 겹쳐놓기가 없는 한, 단지 하나의 표면 층밖에 없지 않은가) 것인가? 나는 우연히 그림엽서들을 통해서 렘브란트의 자화상들을 알게 되었다. Y.가 인터뷰 때문에 스톡홀름으로 떠났었고, 그녀가 나에게 자화상을 보내주었는데, 그것은 베레모 아래 보이는 중간 정도 길이의 머리 모양에,

목 주위에 주름 장식이 있는 커다란 검은 옷을 입고, 불안감에 약간 찡그리고 의아하다는 표정으로 긴장된 얼굴을 한, 꽤 젊은 남자인 렘브란트를 보여주는 1630년의 자화상이었다. 다섯 달 후에는 또다른 자화상이 뒤따라왔는데, 그것은 Y.가 계속 이어지는 같은 인터뷰 때문에 가 있던 뮌헨에서 보내온 것이었고, 그 자화상은 일종의 폭발이었다. 다시 말하자면, 그것은 렘브란트의 초기 초상화들 중 하나로 어쩌면 두 번째 것이었을 터인데, 그 자화상이 보여주는 렘브란트의 모습은 미친개 같은 표정과 함께 실제로 바보 같은 표정을 짓고, 곱슬머리는 마구 헝클어져 있었으며, 몸을 돌려 뒤돌아보는 것 같은 중간 옆모습의 얼굴은 놀란 표정이었고(마치 화가가 "어, 너, 보는 모습을 조금 보여봐!"라고 스스로에게 말하면서 자신에게 소리쳐 말하는 것 같다), 입은 벌리고 있었으며, 얼굴은 약간 곰보에, 로또 공처럼 둥글고 작은 검은 눈에, 얼굴 맨 위, 이마는 어둠 때문에 안 보이는 모습이었다. 이 자화상은 나에게 광적으로 보였고 격렬한 난폭함을 발산하는 것처럼 보였다. 나는 렘브란트의 자화상들을 수집하기로 결정했다, 나는 그가 50여 점의 자화상을 그렸다는 것을 아직 몰랐던 것이다. 나는 여전히 Y.로부터 미국에서 발송된, 노년기의 또다른 자화상을 받았는데, 위엄이 있고 주름이 많은 모습이지만 이번에는 아주 강렬한 붉은빛을 띤 것으로(반면에 다른 자화상들은 단색에 가까운 것으로 회색과 갈색이었다), 렘브란트가 자신을 고깃덩어리처럼,

사람들이 그의 공적을 인정하는 바인, 발이 묶여 거꾸로 매달려 있는 이 소고기 덩어리처럼 자신을 그리고 싶어 한 것 같았다. Y.가 보낸 것은 그것이 전부다, 그렇지만 나는 M.에게서, 머리를 꼿꼿하게 세우고 정복자의 모습으로 무장을 한 젊은 남자를 보여주는 자화상을 빼앗았다, 그리고 나는 루브르 박물관에 가서, 화가가 머리에 린넨 천을 묶은 채, 그의 화판 틀 끝에서 이제 어둠 속으로 용해되고 있는 말년의 이 자화상을 구입했다.

나는 이 다섯 장의 그림엽서를 내 서재 선반 위에 줄지어 놓았다, 나는 그것들을 연대순으로 분류했는데, 이런 병렬과 급격한 변화에서 내 자신의 존재에 대한 가르침을 얻는 것 같았다. 나는 나 자신에게 내 인생의 모든 나이를 동시에 되돌려보내는 공상 과학 소설의 거울처럼 그것들을 쉬지 않고 주의 깊게 살펴보았다. 나는 뉴욕으로 떠나는 친구들에게 거기서 찾을 수 있는 모든 렘브란트의 자화상을 나에게 가져와달라고 부탁했다. 친절하게도 그들은 세 장을 가져왔다. 상스러운 향연 이후처럼 망연자실한, 불그스름하고 콧수염을 기른 성숙한 남자의 자화상, 무기력한 편이고 눈살을 찌푸린 노년기의 자화상, 그리고 부유하고 아카데미풍의 틀에 박힌 모습을 보여주는 노년기의 또다른 자화상이다. 나는 이 자화상들에 대해 단지 실망한 것만이 아니다, 나는 그것들을 난폭하게 던져버렸다, 그것들은 내가 가지고 있는 다른 자화상들을 부정하거나 또는 어처구니없게도 중복하는 것처럼 보였다, 나는 그것들을 일련의 시리즈 속에 삽입하고 조심스럽게 점진적인 변화를 찾아보려 했지만 소용없었다, 다른 자화상들이 곧바로 그것들을 거부했던 것이다. 내가 우연히 모아놓았던 처음 다섯 개의 자화상은 틈새가 메워진, 교체 불가능한, 일종의 완벽한 시퀀스를 형성했다. 마음속으로는 이미 그것들을 따로 액자에 끼워 넣어 분리시켜놓았던 것이다. 나는 마지막 그 세 장의 자화상에 그려진 남자를 좋아하지 않았다. 불그스름한 대식가도, 겁이 많은 노인도, 안락한 부르주아 노인도 좋아하지 않았던 것이다. 그렇지만 나는 처음 다섯 장 속의 젊은 남자를 좋아했다. 아주 거만하고 혈기왕성한 젊은 남자, 순진한 체하려고 머리카락을 헝클어뜨린 젊은 남자, 그리고 약간은 고뇌에 찬 성숙한 남자, 그리고 매달려 늘어진 고깃덩어리로 자신을 치장한 노인, 그리고 자신의 창작 도구에 매달리면서 죽음의 그림자 속에 녹아든 노인을 좋아했던 것이다. 나는 그들과 일체가 되었다. 나 자신의 자화상들을, 나는 그런 식으로 원했을 것이다. 그 다섯 장의 자화상을 선택하면서 나는 또한 나의 자화상들을 선택했던 것이다. 나는 나의 모습을 보여주는 사진들 대부분을 찢어버렸다, 그렇게, 내가 좋아하지 않는 렘브란트의 세 장의 자화상에 대한 거부를 통해서와 마찬가지로, 이런 이미지의 부재를 통해서, 나는 내 자신의 자화상을 결정한 것이다, 나는 사후의 이미지를 정한 것이다.

앨범

　　나는 유년 시절부터 가지고 있던 나의 사진들, 그리고 찢어버리지 않았던 나의 사진들 전부를 원래의 내용물이 무엇이었는지 기억나지 않는 작은 종이 상자 속에 다시 모아놓았다. 내가 사진들을 동원하는 것은 드문 일이었다. 어쨌든 혼자서는 절대로 그러지 않았다. 누군가에게, 새 친구에게 사진들을 보여준다는 사실은 우정을 나누는 하나의 단계 같은 것이었고 또한 신고식 같은 것이었다. 나는 한꺼번에 나 자신에 대한 정보를 주었고(예를 들어 나는 열네 살과 열여덟 살 사이에, 신체적으로 많이 변화했다) 동시에 나는 나의 정보를 받은 친구의 반응에 대해 걱정스러워했는데, 왜냐하면 그 친구가 나의 이런 표시를 나르시시즘으로 여긴다면 그 반응이 좋지 않은 상황일 수 있었기 때문이다. 나 자신도 친구 옆에서 그 사진들을 마치 낯선 사람의 것인 양 바라보았다. 사진 속의 인물은 더이상 내가 아닌 것이었다. 게다가 근래에, 늙는다는 감정이 생기자마자 곧바로 사진 수집은 중단되었다. 그리고 사진들은 나의 유혹 수단 그 이상이었고 나 자신의 매력의 확장 그 이상이었으니, 나는 그 어린아이와 젊은 남자를 유혹하고 싶은 사람처럼 바라보았다, 이 욕망을 나의 공범자와 공유했으며 이미지는 쉬운 먹이였다.

사진들은 흩어져 있었고 쌓여 있었으며 날짜 표시가 없었다. 마침내 나는 그 사진들을 가지고 여느 가족들이 하듯이, 아니면 차라리 배우의 포트폴리오처럼(그런데 거기에선 내 인생의 배우처럼), 앨범을 만들기로, 독신자의 앨범을 만들기로 결심했다. 나는 검은색 캔손Canson 도화지의 두꺼운 종이로 장정된 커다란 앨범을 샀고, 연대기처럼 보이게 차례대로 쐐기를 박아 사진들을 고정시켰다. 병적이고 침울한 작업에 몰두한다는 그런 느낌을 가지면서 천천히 죽음을 향해 나아가는 소설 속 인물의 변화에 신경을 쓰는 것처럼, 내 얼굴의 변화에 주의를 기울였다.

X선 사진

　　몇 년 전에, 나는 내 작업 테이블 맞은편에 있는 문을 겸한 창문 유리에, 도화지 보호용 재킷에서 우연히 발견한 X선 사진 하나를 붙였는데, 그것은 내 가슴의 왼쪽 모습으로 내가 17살이었던 1972년 4월 20일에 찍은 사진이다. 빛은 스테인드글라스를 통과하듯이 뼈의 선들과 신체 기관들의 흐릿한 모습들이 복잡하게 얽혀 있는 푸르스름한 형상을 가로질러 통과한다, 그런데 특히 거기에, 모든 사람들이(방문객들과 마찬가지로 이웃들도) 볼 수 있는 곳에, 이 X선 사진을 게시하면서 나는 나 자신의 가장 은밀한 이미지를, 나체 사진보다 더한 것을, 수수께끼를 함축하는 이미지를, 의과 대학 학생이라면 쉽게 판독할 수 있는 이미지를 게시하는 것이다. 나는 더이상 나의 집에 내 사진을 가지고 있지 않다, 다른 사람들이 그렇게 한다

면 내 신경을 거슬리게 하겠지만 나는 거기에, 노출광의 기쁨
을 느끼며, 근본이 다른 이미지를 게시한다…

동일시

    소설을 각색하여 만든 영화 주인공들의 사진들이 코팅 처리되어 소설책 표지를 뒤덮고 있는 점은 나를 몹시 신경질 나게 한다. 제라르 필리프Gerard Philipe가 가장 혐오스러운 본보기다, 왜냐하면 그는 주인공의 이미지에 가장 적합한 최상의 모습을 부여한 것으로 여겨지는 본보기로, 헤아리기 힘들 정도로 가장 많이 반복되었기 때문이다. 나는《백치》를 읽고 싶다, 나는《적과 흑》을 읽고 싶다, 그렇지만 내가 책을 읽을 때마다 그 얼굴이(그래도 나에게는 호감이 가는 얼굴) "미슈킨 왕자, 줄리엥 소렐은 바로 나야, 그것을 잊지 마"라고 말하면서 나에게 끊임없이 그를 상기시키는 것은 바라지 않는다, 반면에 나는 도스토옙스키와 스탕달의 이어지는 문장들로부터 출발해 그들의 이미지를 천천히 구성해보는 것을 좋아하는 편이다(그리고 나의 책 읽기의 가장 강렬한 기쁨들 중 하나가 바로 그 점이다). 미슈킨 왕자와 줄리엥 소렐, 그들은 내가 바라는 사람일 것이고, 어떤 순간에는 그 사람이 바로 나이기를 바랄 수 있는 것이다, 따라서 나는 책 표지를 잘라낸다, 그렇지 않으면 표지를 변형시키는 위험을 무릅쓰고, 특징이 없고 불투명한 종이로 책 표지를 다시 씌우고 나서, 그 위에, 내 마음속으로, 얼굴을 다시 그리거나, 아니면 현상액에서 꺼낼 때처럼, 스스로 나타나기를 기다릴 것이다.

방

사진을 찍을 만한 곳이 아닌 호텔 방은(거기는 어떤 사진도 찍고 싶지 않은 곳이다) 이미 좋지 않은 방이다. 사람들이 어느 도시에 도착하면 처음 하는 일은 자신의 영역을 표시하기 위해서인 것처럼 자신의 방을 촬영하는 것이고, 임시적인 자신의 소유지를 표시하기 위해서인 것처럼, 방 값을 치른 비용을 뽑기 위해서인 것처럼, 존재한다는 첫 번째 증명서처럼, 거울 속에 비친 자신의 모습을 촬영하는 것이다, 그렇지 않으면 사람들은 곧바로, 거기에서 사랑을 나누면서 방을 점거한다.

여행 사진의 본보기

미지의 도시에 도착하면 눈의 흥분, 운동성, 시각적인 갈망이 그에 상응하게 된다. 즉 '습관에서 벗어난' 시선의 기쁨이 있는 것이다(분명히 빛이 다르고 얼굴이 다르며 건축물들이 다르고 상점과 광고의 글자들이 다르다). 도착 다음 날, 나는 필름 세 통을 사용했지만 네 번째 통의 필름을 끝내는 데는 3일이 걸렸… 나에게 여행 사진은 아주 빨리 기가 꺾이는 일종의 활력이며 극도의 흥분이다.

나는 크라쿠프Kraków에서, 버스 터미널에서, 잠이 쏟아져 엉망인 얼굴을 하고 노선 안내 지도와 난간을 분리시키는 그 좁은 간격 사이에서 난간에 몸을 바짝 붙인 채, 쇠막대 뒤에서 흔들리는 몸을 지탱하고 있는 검은 천의 두건을 쓴 늙은 부인과 늙은 남자의 사진을 찍기 위해서 멈춰 선다, 상품 진열대

속의 커다란 마리오네트처럼 그들은 쇠막대 뒤에 몸을 지탱한 채, 기력이 쇠진하여 몸을 구부리고 거기에 있다. T.가 나에게 욕설을 퍼붓는 것은 내가 그 사진을 찍기 때문이다, 그러니 나는 그의 저항에 관심이 간다. 부딪쳐서 극복해야 할 남자와 여자의 시선이 없었기 때문에 나는 물리적으로는 사진을 찍을 수 있었다, 그들은 자고 있었으므로, 사진이 그들에게는 아무 영향도 끼칠 수 없었던 것이다, 그것은 오직 그들의 이웃과 동향인들에게만 타격을 줄 수 있었던 것이다. T.는 나에게 이 사진을 찍는 이유를 묻는다, 어쩌면 그릇된 것일 수 있겠지만, 나는 이 사진이 나의 마음을 뒤흔든다고 논거를 제시한다, 그렇지만 그것이 사회적으로 나를 감동시키는 것은 아니다. 그는 나에게 말한다. "이 이미지는 이미 백 번 찍혔고, 그것은 오직 네가 사는 곳과 관련해서만 흥미로운 것이야." 그런데 내가 보기에 그 말은 올바른 것이며 동시에 바보스러운 것이다. 올바르다고 하는 이유는, 사진이 시간이나 공간의 이동 속에서만 가치를 획득하는 것이 사실이기 때문이다. 바보스럽다고 하는 이유는, 그의 문장이 즉각적으로 유혹에 빠진 나를 어리석게 박대하고 나에게 심사숙고하도록 강요하기 때문이다. 다시 말해서 내가 심사숙고한다면 나는 사진을 찍을 수 없는 것이다.

다시, 레스토랑에서, T.가 신경질을 부리는데, 현수막을 고정시키기 위해서 의자 위로 올라가기 시작하는 두 명의 종업원들을 내가 사진 촬영하기 때문이다. 그래서 나는 그에게 말한다. "사진에 관한 이 텍스트를 쓰려면 사진가의 입장에 설 필요가 있다는 걸 이해하지 못하는 거야? — 그렇지만 너는 현수막에 씌어진 문구를 이해하지도 못하잖아."

사진 같은 글쓰기

괴테가 《이탈리아 여행》(1786~1788)에서, "나는 산마르코 종탑 위에 올라갔다, 거기서부터 우리는 비할 바 없는 조망을 향유한다. 정오 무렵이었고, 날씨가 아주 청명해서 나는 망원경 없이 아주 멀리까지 볼 수 있었다. 파도가 두세 척의 노예선과 여러 범선들이 닻을 내리고 있는 석호潟湖를 뒤덮었다. 리도 쪽으로 눈을 돌리면서 나는 마침내 바다를 보았다! 몇 척의 돛단배가 멀리에서 모습을 드러냈다. 북쪽과 서쪽에는 티롤 산, 그리고 파두 산과 비센스 산들이 이 아름다운 장면과 어울리게 멋지게 주위를 둘러싸고 있었다"라고 쓸 때, 그는 일종의 여행 사진을 찍는 것이다, 그는 그림엽서를 만드는 것이다. 좀더 뒤에, 베니스에 관한 같은 대목에서, 그는 팔라디오 수도원에 관해서 다음과 같이 적고 있다. "회랑에서 우리는 커다란 안마당으로 들어가는데, 안마당을 둘러싼 건물들의 한쪽 면만 완성되었고, 그것은 차곡차곡 쌓여 있는 세 줄로 된 기둥들로 구성되어 있다. 앞뜰 1층과 2층에는 여러 작은 방들로 인도하는 아치형 주랑이 있고, 3층에는 장식이 없는 벽과 창문들이 있다. 기둥 받침돌과 궁륭 머릿돌만이 돌로 되어 있고, 나머지는 벽돌로 되어 있다. 그런데, 이 벽돌들은 내가 한 번도 본 적이 없는 것이다. 그것은 먼저 빚어지고 나중에 구워진, 그리고 보이지 않는 시멘트 반죽의 도움으로 다시 조립된 점토로 된 것이다." 이렇게 적으면서 괴테는 우선 일종의 건축물 사진을 만들고 나서, 세부적인 것, 재료의 뉘앙스를 따로 떼어놓는 것인데, 그것은 예를 들어 랭거파취Renger-Patzsch가 건축물이나 기계에 대해 클로즈업을 하면서 그렇게 할 수 있었던 것과 같은 것이다.

"나는 보고, 또 보느라 온종일을 보냈다"라고 괴테는 다시 그의 일기에서 적고 있다. 이것은 특파원의 소신, 신조를 표명하는 것이 아니겠는가? 여행 일기는 일종의 탐방 기사다. 다만 소리와 목소리와 노래와 괴테가 나타내는 것 같은 '분위기'에 대한 묘사만이 사진에서 제외된다. 나는 이 인용문들을 우연히 선택했는데, 최소한의 행이 이런 사진의 특성을 잘 나타내줄 것이기 때문이다. 괴테는 여행 중에 보는 그림들과 동상들과 유물들을 묘사하면서(예를 들어 알리나리Alinari 형제들이 피렌체에서 그렇게 할 것과 마찬가지로) '예술' 사진을 만드는 것이다, 그는 표정들을 묘사한다, 그는 초상화를 만든다, 그는 농업과 식량과 기후와 식물을 공부한다, 그는 나무의 구조나(올리브 나무의 가늘고 촘촘한 열매들) 또는 훗날 웨스턴Weston이 사용할 것과 같은 상세한 설명과 함께 운모판을 묘사할 수 있다. 미지의 도시에 도착하면 그는 도시의 가장 높은 탑에 올라가는 것으로 시작하여 전반적인 전경을 파악한다, 그러고 나서 다시 내려온다, 그는 군중에 섞인다, 그는 길거리의 장면들을 택하는데, 그것은 후에, 예를 들어 1890년대에 아놀드 겐트Arnold Genthe가 샌프란시스코의 차이나타운에서 하는 것과 같은 것이다. 그는 사진과 똑같은 비영속성의 감각으로 축제, 관습, 의상들(로마의 사육제)을 묘사한다.

　　괴테는 말년에, 친구들에게 보낸 편지들과 일기의 메모들을 토대로 그의 《이탈리아 여행》을 재구성했다, 편지의 문체와 일기의 문체는 가장 근접한 두 가지 문체다(카프카의 일기와 오틀라Ottla나 펠리체Felice에게 보낸 그의 편지들 사이에 나타나는 차이는 그 편지들이나 일기와 소설들 사이에 나타나는 차이보다 적은 것이다). 그것은 같은 구조의, 사진술의 직접성과 똑같은 것이 담긴 두 가지 문체인 것이다. 그것은 가장 최근의 기억이다, 그리고 그것은 이제 막 시작된 기억이다, 다시 말해서 망막 위에서 여전히 떨리고 있는 것처럼 보이는 무언가와 같이 그것은 인상이고, 거의 스냅 사진인 것이다. 그것은 거친 문체로, 수정을 용인하지 않고 다시 쓰기 작업을 잘 받아들이지 않는 문체다,

일기가 밀착인화 같고, 현상을 기다리고 있는 촬영물이 줄지어 있는 것 같다고 생각할 수 있겠지만, 그렇지 않다. "나는 내 일기를 방금 다시 보았다. 거기에서 나는 좀더 긍정적인 방식으로 나타내야 할 많은 것들을 발견한다, 그렇지만 나는 아무것도 수정하고 싶지 않다, 왜냐하면 그 대목들은 여전히 소중한 첫인상의 표현이기 때문이고, 그것이 가장 진실한 것이기 때문이다"라고 또다시 괴테는 적고 있다.

괴테의 일기 속에 묘사된 풍경과 그의 소설들 중 하나, 예를 들어《친화력》속에 묘사된 풍경 사이에서 우리는 많은 차이점을 발견할 수 있다. "뒤쪽에서는 마을과 성이 더이상 보이지 않았다. 사실 연못들이 넓어졌다. 그 너머로 숲이 우거진 언덕들이 있었고 그것을 따라 연못들이 펼쳐졌다, 그리고 마침내는 깎아지른 듯한 바위들이 있었는데, 그것들은 명확하게 물의 마지막 반사면을 수직적으로 경계 짓고 있었고, 수면 위로 그 웅장한 형태를 반사시키고 있었다. 저 아래, 연못 속으로 흘러들어가는 커다란 개울이 있는 협곡에는 반쯤은 보이지 않는 물레방아가 있는데, 그것은 주변 풍경과 함께 어우러져 다정한 휴식처처럼 보였다. 우리가 발견하는 이 모든 반원 안에는 다양하게, 움푹 팬 곳과 고지, 작은 숲과 산림 지대들이 번갈아 뒤를 이었는데, 어린 새 초목들은 장래에 가장 멋지고 풍성한 면모를 예고하고 있었다. 따로 떨어져 있는 나무들이 이루는 작은 숲들이 많은 장소에 시선을 멈추게 했다. 구경꾼들의 발치에서는 특별히, 중앙 호수 가장자리에 있는 수많은 포플러와 플라타너스가 구별되어 돋보였다. 그 나무들은 옆으로 펼쳐지면서 위를 향해 돋아나며 싱그럽고 튼튼하게 자라고 있었다."

일기의 풍경은 일종의 전보같이 간결하고 짧은 크로키이며, 그림엽서다. 소설의 풍경은 훨씬 더 긴 머무름과 노출의 혜택을 받았다. 그것은 일기에 있는 사진 같은 풍경에 비하여 거의 회화나 다름없는 것이다. 특별한 풍경이기를 바라는 소설의 묘사는 틀림없이 풍경들의 여러 가지 기억들에 대한 괴상야릇하고 진위 여부를 알 수 없는 상상적인 편집일 것이다. 그것이 거의 지루한 것인 반면에 일기의 묘사는 역동적이다.

마찬가지로 카프카의 일기에 나타나는 몇몇 짧은 묘사는 순수한 사진들이다. "중심 도로, 텅 빈 노면 전차, 이탈리아 신제품 상점 진열창 속에 피라미드 형태로 쌓여 있는 장식용 소맷부리"("3부작!"이라고 아마도 S.는 어리석게 외칠 것이다), "오래된 도시: 푸른 작업복 차림의 한 남자가 서투르게 급히 내려가는 좁고 가파른 골목, 계단들"(색깔 묘사를 제외하면 30년대의 카르티에 브레송Cartier-Bresson의 사진을 보는 것 같다), 또는 "근엄하고, 뚜렷한 윤곽의 입, 검은 머리의 여인, 그녀는 홀 안에 앉아 있다.""공중화장실로 이어지는 통로 뒤쪽에, 창문틀 속의 아이. 벽 위에 도마뱀을 보고 느끼는 기분 좋은 감동. 머리를 늘어뜨린 프시케Psyche. 자전거를 타고 지나가는 군인들과 선원 복장을 한 호텔 종업원들"… 1910년부터 사망 1년 전인 1923년까지 카프카의 일기는 일종의 감소, 수축의 운동감을 만들어낸다. 마지막 묘사들은 가장 짧은 것들인데, 때로는 한 단어로만 되어 있다('부름', '희망?', '편지', '기절'). 그 묘사들은 그의 내면의 음화들 같아, 폐의 반점처럼 그의 번뇌를 보여주는 거의 X선 사진과 같은 수준이다. 마지막 서술적 묘사들은 약간은, 그의 시각이 빛의 몇몇 변화와 아주 가까운 범위 안에서 몇몇 움직임을 계속 감지하는 마비된 남자의 정신적 사진들과 같다.

1975년 11월부터 1977년 3월까지 기록된(사진들처럼 일기는 날짜가 적혀 있다) 그의 일기 속에, 페터 한트케Peter Handke는 느낌들, 사소한 몸짓들, 냄새들, 모든 종류의 작은 혼란들을 적고 있다. 그는 살아가면서 점차적으로 그 일상을 글쓰기로 담는다. 즉 일상을 글로 다시 옮겨 적기는 거의 즉각적이지만, 그것은 또한 연속적인 것이다. 우리는 사진들 그 이상으로, 끊이지 않는 긴 필름으로 그의 시각과 의식을 포개놓는 비디오 장치를 상상해볼 수 있을 것이며, 거기부터 떨어져 나온 것들을 그가 주워 모으는 것이라고 생각할 수 있을 것이다.

밀착 인화

카메라 설정의 실수, 초점거리 오류 또는 잘못된 노출 시간의 참담한 결과들을 말하지 않고도, 처음에 느낀 마음의 동요, 처음의 반응, 그것은 실망이다. "이렇게 나는 오로지 그것만을 보았다, 그 모든 집중과 그 모든 몸짓이 나를 이끈 곳이 바로 여기, 대부분 나에게 더이상 아무것도 의미하지 않는 24×36mm의 이 작은 직사각형들이다." 내가 최상일 거라고 생각했던 사진들은 실패했고, 가능성이 가장 적다고 생각했던 사진들이 때로는 꽤 괜찮은 편이다. 나는 다시 한 번 카메라에게 보기 좋게 당했다, 카메라는 나에게 알맞은 것이 아니다, 내가 카메라에 대해 기대하는 것에 비해 그건 지나치게 고급이거나 아니면 지나치게 저급한 것이다. 그렇지 않다면 내가 서툰 기술자이거나 또는 카메라가 무능한 조정자인 것이다.

모욕

벌써 사람들이 있다, 길에서 마주치는 사람들, 단 하나의 시선이 그들을 모욕하는 것 같다, 따라서 사진은 아주 큰 모욕이, 최종적인 모욕이 된다.

그것은 거리 사진가, 기자의 키를, 신체적 외형을(그리고 신화를) 정의할 것이다. 즉 체구가 튼튼한 사람, 건장한 사람, 자신의 모욕에 대한 반작용의 여파를 견딜 수 있는 사람, 그러므로 둔중하거나 아니면 아무것도 보지 못하거나, 또는 무감각해진 사람인 것이다.

카메라

카메라는 분명히, 그 조리개와 셔터 스피드와 뼈대 같은 케이스를 가지고 있는 독립적인 작은 몸통이다, 그렇지만 그것은 절단된 몸통이다, 사람들은 아이를 데리고 다니듯이 그것을 수중에 지니고 다녀야 한다, 그것은 무겁다, 그것은 다른 이들의 주목을 끈다, 사람들은 또한 신체장애 아이처럼 그것을 사랑한다, 절대로 홀로 걸을 수 없지만 자신의 신체장애로 인해 꽤 날카롭게 세상을 보게 하는 장애를 가진 아이처럼 말이다.

작은 도구

- 너는 왜 그 우스꽝스러운 작은 카메라로 사진을 찍는 거야? 좋아, 그게 인스타매틱Instamatic*은 아니지, 그렇지만 그건 진지해보이지 않아. 네가 라이카Leica 카메라를 살 수도 있는 거잖아.

- 내 말을 들어봐, 내가 이 카메라를 선택한 것은 아니야, 하지만 내게는 그것이 적합했어, 그것은 무겁지 않아, 주머니에 넣어 가지고 다닐 수 있어, 사진 찍는 것이 부적절해보이는 장소에서도 문제없이 통과될 수 있어. 무엇보다도, 네가 말했듯이, 그것이 진지해보이지 않게 하는 것이 나는 좋아. 그것은 우리가 사진에 담는 사람들과 진지하고 직업적이며 수익성이

★   아마추어용 소형 고정 초점 카메라.

있는 그런 관계를 만들게 하지 않아. 그것은 강요하지 않아.

　- 그것이 사람들을 더 잘 속이며 야금야금 갈취한다고 말하고 싶은 것이군…

　- 어쩌면 네 말이 옳을지 몰라. 그렇지만 너에게 어떻게 설명해야 할지 모르겠는데, 나에게 있어서 그것은 또한 정숙함의 문제고, 도덕의 문제야. 흔히 불룩 나온 배 위에 올려져 거만한 티를 드러내는 그런 큰 카메라들에 대해 나는 일종의 혐오감을 가지고 있어, 그것들은 나에게 무용수들의 타이츠 속을 솜이나 펠트로 채워 넣은 것을 생각나게 해. 그리고 커다란 카메라를 갖는다는 것, 그것은 또한 자본과 구매력을 앞세우며 위협하는 것이고, 눈으로 보기에 지긋지긋할 정도로 강한 인상을 주는 것이야, 외설적인 이야기에서 엉덩이라면 진저리가 나는 것과 마찬가지인 것이지. 너도 알겠지만, 목 주위에 걸린 아주 거창한 보석같이 반짝거리는 자신들의 상징 표시를 지니고 빈민가를 거니는 그런 사진가들을 보면 내 마음이 불편해져…

　- 우리에게 사회적인 양심의 가책을 느끼도록 한 방 먹이는 게 그래도 너는 좀 아니잖아… 또한 자신들에게는 오로지 전문 기술밖에 없다고 생각하는 사람들이 있고, 그런 결핍을 신체적인 결함처럼 감추는 사람들도 있다는 것을 생각해봐. 때로는 가장 겸손한 사람들은 바로 그들이야.

마스코트

1980년 1월 6일에서 7일로 넘어가는 밤에, 그가 함부르크에서 돌아올 때, 스트라스부르와 파리 사이에서, 모차르트 기차* 안에서 F.는 잠을 쫓아내려고 애쓰고 있다. 개버딘 레인코트를 입은 한 남자가 그와 마주하여 방금 앉았다, 그는 짐이 없다, 기차 칸에는 그들뿐이다. F.는 자신의 카메라를 생각한다, 그것은 아주 희귀한 카메라로, 어느 이상한 작자가 작년 여름에 그에게 넘겨준 로봇 로열 36이다, 당시 그는 함부르크 지역에서 자동차 부품과 작업복을 배달하는 일을 했었다. F.는 자신이 잠들게 되면 개버딘 레인코트를 입은 남자가 그의

---

* 파리에서 비엔나까지 운행하는 기차 이름으로, 주로 스트라스부르, 슈투트가르트, 뮌헨을 거쳐 운행한다.

카메라를 가져갈 수 있을 거라고 생각한다, 그는 모직으로 안감을 댄 가죽점퍼 아래, 겨드랑이 아래에 카메라를 꽉 움켜쥐고 있다, 그는 잠을 뿌리친다, 그런데 잠이 그를 덮친다, 그는 이런 긴장 상태로 잠이 든다. 그가 깨어났을 때, 개버딘 레인코트를 입은 남자는 더이상 그의 맞은편에 앉아 있지 않다, 그리고 그의 팔과 옆구리 사이에는 끔찍한 구멍이 있다, 로봇 로열은 사라졌다. 그는 기차 속에서 달린다, 그렇지만 개버딘 레인코트를 입은 남자의 얼굴은 이미 사라졌다, 그가 면도를 했던가, 아니면 면도를 제대로 하지 않았던가, 그는 말할 수 없었다. 기차가 도착하자마자 그는 신고를 했다, 그는 도난 증명서를 발급받는다. 그는 외우고 있는 카메라의 번호, 겉 상자의 검은 케이스에 새겨진 여섯 개의 숫자, 183053을 말한다. 그는 언젠가 그 카메라를 되찾겠다고 다짐한다. 그 카메라를 도난당한 이후 그는 단 한 장의 사진도 찍을 수 없었다. 도난당한 카메라들은 세관 문제 때문에 브뤼셀이나 암스테르담에 있는 중고품 상점으로 들어간다고 한 친구가 그에게 말해준다. 그는 대용품으로 사용하는 카메라를 지워지지 않는 푸른 잉크로 칠한다. F.는 로봇 로열 카메라를 되찾기 위해서 브뤼셀에 갔다. 그는 밤 기차를 탔고, 네덜란드를 다시 찾아가는 포르투갈 여행객들과 함께 앉았다. 보통은 세 시간 걸리는 여행이지만, 그 여행은 여섯 시간이 걸렸다, 그렇지만 F.는 도시들이 막 깨어나는 시간에, 밤에 일한 노동자들이 잠자리에 들기 전에 마지막 생맥주를 마시러 가는 시간에, 그런 새벽에, 도시에 도착하는 것을 좋아한다, 바람이 강하게 불었다, 봄이 이미 깊었는데도 날씨가 추웠다. 미디 역 맞은편 카페에서 잠으로 눈꺼풀이 부풀어오른 한 여인이 강렬한 붉은색으로 칠한 손가락 끝으로 남자의 머리카락을 다정하게 어루만지고 있었다. 주크박스는 작동하지 않았다. 온종일 F.는 도시의 거리들을 활보했다, 그는 중고품 사진 상점이라면 모두 들어갔다, 그는 상인들에게 로봇 로열 36이 건네지는 것을 보았는지 물었다. 그는 그 카메라를 되찾을 거라고 여전히 믿었다, 그는 그것을 믿고 있었다. 브뤼셀에서 푸른 카메라로 그는 단 한 장의 사진만을 찍었는데, 그것은 고속도로변에, 어느 벽 꼭대기에 칠해진 십자가 사진이었다. 그는 숙박하지 않았다, 그는 저녁에 떠났다.

위협

위협은 언제나 같은 창문으로부터 온다, 토요일과 일요일이면 변함없이 그 남자가 작은 라디오를 들으면서 나를 감시하는 그 창문으로부터 온다, 이번에는 아침이다, 그러니 남자는 일터에 있어야 한다, 그런데 갑자기 창문이 회전하더니 붉은색의, 일종의 날아다니는 것이(나는 그것을 어떻게 규정해야 하는 것인지 모르겠다, 비행기인가, 달팽이인가, 고슴도치인가? 이 모든 사물들은 아주 다르다, 그래도 내가 보기에는 그것들이 그 대상을 묘사해주는 것 같다) 나타난다, 그것은 아래쪽에서 끈으로 고정되어 있고, 유리창과 맞대서 회전 동작들을 보이기 시작하는데, 리모컨으로 원격 조종되는 장난감의 동작들 같은 것이다, 그런 동작을 조종하는 과정에서 유리창이 움직이지 않게 하려고 갑자기 어떤 손이 유리창 왼쪽 끝을 붙든다, 나는 그 어떤 얼굴도 보지 못한다, 그런데 이런 갑작스러운 등장은 실제로 나를 겁나게 한다, 그것은 유리창의 다른 쪽에서 일어나는 것으로 그저 집안일과 같은 것일 텐데 말이다. 사진에 대한 사정도 그리고 세상과 세상을 표현한 것 사이의 갈라짐, 이런 기울기에 대한 사정도 아마 같을 것이다, 다시 말하자면 나의 창문을 통해서, 그 공간적 거리를 통해서 내가 보는 것 그리고 행동을 하는 사람을 강탈하면서 그 모든 행동들을 비현실적으로 만드는 각도, 그것은 일종의 사진이었던 것이다. 다른 쪽에서는, 실제의 편에서는(바라보는 쪽이 아니라 행동이 일어나는 쪽), 그것은 유리창을 닦는 여인일 뿐이었다…

이제는 남자가 일터에서 돌아오면 매번, 그의 부인과 아이들을 포옹한 후에, 잠시 발코니로 나온다, 내가 거기에 있는지 확인하기 위해서 그러는 것이다, 그리고 그는 나에게 미소를 보낸다. 그렇지만 그것은 더이상 사진이 아니다, 그것은 소설이다.

사진에 대한 환상 II

그 광경은 '발견의 전당Palais de la Découverte'(과학박물관)의 정전기 실험실 중 한 곳에서 일어날 수 있을 것이다. 흰 가운을 입고, 작고 둥근 철테 안경을 쓴 대머리 남자인 어떤 학자가 탁탁 튀며 번득이는 튜브를 통하여 번개를 발생시키는 레버와 손잡이를 다룰 컨트롤 패널에 몰두한 채, 철창에 틀어박혀 있을 것이다. 바퀴 모양의 장치가 원형의 금속 받침돌까지 정전기를 전하는데, 그곳에는 키가 적당하고, 갑자기 이마 주위로 비죽 솟아 살랑거리며 화관 모양을 만드는, 매우 건조한 머리카락의 상태가 한결같아서 선택된 소년이 벌거벗은 채 올라가 있었다. 그의 피부 전체와 눈의 번득임도 마찬가지로 위쪽을 향하여 끌어 올려진다. 사람들은 그가 발목 언저리로 내려오는 짧은 양말을 착용하고 있도록 유의했는데, 그것은 너무 차가운 접촉으로부터 그리고 금속의 보이지 않는 작열로부터 그의 발을 보호해주는 것이다(게다가 양말의 나일론은 뿔과 손톱보다 더 나은, 아주 탁월한 전도체다). 그러고 나서 학자의 조수 중 한 사람이 철로 된 뾰족한 작은 필기구를 소년에게 건네주었고, 똑같은 필기구를 같은 나이의, 옷을 입고 있는 다른 소년에게 주면서 그들에게 그 뾰족한 필기구를 무기처럼 사용해 서로 상대방을 향하여 찌르도록 명령한다. 곧바로 전기 불꽃이 경련성의 푸른색 가는 끈을 만들고 한 육체에서 다른 육체로 오랫동안 교환되면서 튀어 오른다… 학자는 정말로 그의 철창의 포로다.

동성애

— 당신의 이야기 대부분이 동성애에 관한 겁니다…

— 내 이야기들이 어떻게 그것을 나타내지 않기를 바라십니까? 내가 그것을 감추고 싶은 것도 아니고 또한 거만하게 그것을 다시 드러내고 싶은 것도 아닙니다. 그렇지만 그것은 최소한의 진정성입니다. 욕망에 대해서 말하지 않은 채 어떻게 사진에 대해서 말하기를 바라십니까? 다른 사람들이 다소 능란하게 그렇게 한 것처럼, 내가 나의 욕망을 은폐한다면, 내가 나의 욕망의 취향을 없애버린다면, 내가 나의 욕망을 허공 속에 내버려둔다면, 나는 나의 이야기들을 약화시키고, 무기력하고 비굴하게 만든다는 느낌을 가지게 될 것입니다. 그것은 심지어 용기의 문제도 아닙니다(나는 투쟁하지 않습니다), 그것은 글쓰기의 진실이란 점에서 정당한 겁니다. 나는 당신에게

그것을 더 단순하게 말할 수는 없을 겁니다. 다시 말하자면 이미지는 욕망의 본질입니다, 그리고 이미지의 성적 특성을 없애는 것은 이미지를 이론으로 축소하는 일일 것입니다…

회절

T.는 핫셀블라드Hasselblad 카메라로 사진을 찍는 B. F.를 위해 포즈를 취하면서 사진가의 시선이 덜 억압적으로 느껴졌다고 내게 알려주었다. 그것은 6×6 판형을 사용할 때 나타나는 사진가의 태도 때문이라는 것인데, 즉 사진가가 명상에(심지어 기도에) 가까운 자세로 고개를 숙여 뷰파인더를 내려다본다는 것이다, 그의 시선은 거울에서 거울로 반사되며 그의 모델을 향해서 물수제비를 뜨는 것처럼 튀는데, 이런 일종의 호의적인 태도가 24×36 판형으로 작업할 때 나타나는 포식 동물의 직설적인 난폭함을 대체한다는 것이다. T.는 이 시선을, 예를 들어 지하철에서, 유리창에서 다른 유리창으로, 유혹하기로 방향이 바뀌는 시선에 근접시킨다. 자신의 반영된 모습을 거치면서 시선은 그 난폭성을 상실하고, 처벌받지 않는다

는 이득을 얻는 것이다("뭐라고요? 하지만 나는 절대로 당신을 쳐다보지 않았어요! 당신이 그릇된 상상을 하는 겁니다. 나는 허공을 바라보고 있어요…"), 그런데 특히 암묵적인 동조로, 퇴폐적으로 이득을 얻는 것이다. 반영된 모습의 중개로 우리가 간접적으로 교환하는 그 시선은 우리 외의 다른 누구도 포착할 수 없는 것이고, 우리 시선들의 그 동의는 우리만의 비밀이며, 높이 걸려 있는 신기루로 곧 사라져버릴 것이다, 그러므로 우리는 지하철에서 내려, 각자 자기 갈 길로 갈 것이다, 이번에는 단한 번의 눈길도 주지 않고, 마치 아무 일도 일어나지 않았던 것처럼, 심지어 우리가 서로 쳐다보지도 않았던 것처럼…

고리들

나는 장터에서 제안하는 그 놀이를 다시 생각한다, 그 놀이는 약간의 돈을 걸고 하는 것으로, 시시하고 반짝이는 물건들, 전등갓, 단도, 도자기로 만들어진 흑인이나 표범들이 있는 진열대를 향하여 차례로 던져야 하는 얇은 나무로 만들어진 큰 고리들이나 가느다란 굴렁쇠들을 배치하는 것으로 구성되어 있다, 그 물건들은 네모난 받침돌 위에 세워져 있는데, 네모난 받침돌의 가장자리는 까끌까끌하고 정확하게 고리의 원주와 일치하도록 만들어져서 고리들이 미끄러져 내려가지 못하도록 하는 것 같다. 그것은 속임수가 있는 놀이다. 내거는 돈은 약소하고, 멀리서 볼 때, 불빛 아래에 있는 물건들은 매력적으로 보인다. 놀이는 아주 쉬워 보인다. 솜씨가 조금만 있어도, 사람들은 단순히 팔을 쭉 뻗으면서 물건에 고리를 끼워넣을 것이라고 장담할 수 있을 것이다. 다만 이기는 사람들이 절대로 없는 것은 고리가 물건을 둘러싸긴 하지만, 받침돌을 따라 내려가다 꼼짝하지 못하게 되어 밑바닥에 이르지 못하기 때문이다.

이유는 모르겠지만, 우선은 근거 없이, 나는 고리로 하는 놀이와 사진, 이 두 가지 매혹적인 것을 나란히 묶고 싶다. 이 놀이, 이 움직임은 사진을 찍는 행위와 아무 관련이 없는 것인가? 사람들은 어떤 대상을 갈망하고, 내거는 것은 하찮은 것이다. 사람들은 던지기를 실패하거나 아니면 과녁에 맞힌다. 고리들이 미끄러지듯 빠져 달아난다. 사람들은 아무것에도 다다르지 못한다. 나는 초고에서 다음과 같이 적었다. "여러 해가 미끄러지듯 빠져 달아난다. 사람들은 아무것에도 다다르지 못한다." 그리고 나는 이런 잘못 쓰기*를 간직하고 싶었다…

★ 프랑스어로 고리들은 les anneaux, 여러 해는 les années다. 철자의 오류로 의미의 차이가 발생한 것이다.

미리 숙고하기

어제 오후, 사무실에서, 같은 층의 청년이 처음으로 나에게 말을 건다, 우리가 서로 마주치며 지나다녔던 게 2년이 되었는데 말이다. 그는 단호하면서도 수줍은 어조로, 또한 그가 할 제안의 결말이 그에게는 완전히 상관없는 것같이, 나지막하게 말한다, 그는 약간 얼굴을 붉힌다, 그는 내 사진을 찍고 싶다고 나에게 말한다, 그는 이미 적합한 장소를 찾아냈다고 한다, 그 장소에 그는 여러 형용사를 부여하는데, 그중에는 '비늘처럼 벗겨진'도 있다, 그가 '조도'라 부르는 그 장소의 빛을 '부드럽게 흩어진'이라는 표현으로 규정짓는다, 그는 파손된 건물의 입구에 관해 말하는 것이다. 그는 스튜디오에서 인물 사진을 찍고 싶어 하고, 나중에 그 사진을, 나는 잘 모르겠으나, 겹쳐놓기나 콜라주 작업 등으로 이 파손된 장소와 하나로 연결하고 싶어 한다. 그래서 그는 내가 어떤 의상을 입을 것인지에 대해 그의 바람을 구체적으로 말한다. "당신의 의상에서 내가 관심이 있는 부분은 당신의 검은색 가죽 윗옷과 회색 바지입니다"라고 그는 덧붙여 말한다. "아주 창백하게, 이렇게 그리고 속마음을 알 수 없는 수수께끼 같은 당신의 표정", 이런 구체적인 요구 사항에 나는 어안이 벙벙해진다, 나는 서둘러 수락한다, 그리고 나의 아연실색을 감추기 위해서 아주 급한 일인 것처럼 어느 봉투를 뜯어본다, 그러니까 이 청년은 복도에서 나와 마주칠 때 아무런 기색도 보이지 않으면서 굉장히 주의 깊게 나를 관찰한다는 것이다…

사진 촬영 시간

내가 겨우 아는 정도지만, 이전 전시회를 내가 아주 좋아했던 사진가 D. S.가 내 사진을 찍고 싶다고 부탁한다. 그는 샹드마르스Champs de Mars 쪽에 있는, 그 자신이 소유한 것이 아닌 한 아파트에서 어느 날 아침에 만나자고 약속을 한다. 그는 손에 가방을 들고, 늦게 도착한다. 나는 문에서 그를 기다리고 있었다. 그는 나에게 말한다, "모든 게 30분 안에 끝날 겁니다, 커피 한잔하러 내려갑시다." 카페에서 그는 나에게 말한다, "나는 당신의 인물 사진을 찍을 겁니다, 그런데 먼저 당신이 나에게 약속해주기를 바랍니다. 나는 인물 사진을 찍는 나만의 방식이 있습니다, 그것은 아주 단순해요, 그렇지만 그것은 비밀로 남아 있어야 합니다. 당신이 절대로 누설하지 않겠다고 약속해주기를 강력히 요청합니다."

일단 우리가 다시 올라가자, 그는 가방에서 검은색 새틴 천을 꺼내 조명을 받는 벽 횡단면에 스카치테이프로 고정시키면서 펼치기 시작한다. 그는 나에게 임시변통의 그 작은 소파 위에 누우라고 하는데, 벗고 싶지 않았던 내 옷을 입은 채 누운 나는 매우 경직되어 있다. 그는 내 머리카락을 밀어 올리면서 이마와 눈썹을 드러내려고 한다, 그래서 나는 반발한다, 나는 검은색 새틴 천 복장 속에 갑자기 목까지 갇히고, 수의로 몸이 감싸인 것 같다, 나는 격분하여 두 눈이 뒤집힌 채 누워서 꼼짝하지 않는 사람이다. 빛 역시 에펠 탑이 보이는 유리창을 통해서, 위에서부터 내리쬔다, 따라서 갑자기 탁 트인 이 시선, 지나치게 단조롭고 눈부신 이 빛이 흐느낌이나 경련을 일으키지는 않았지만 끊임없이 흘러내리는 눈물을 퍼뜨리며 내 얼굴을 흠뻑 적신다. 빛은 내 눈으로 완전히 침투해서 깨끗이 씻어내는 것 같고, 어둠에 익숙한 성역을 모독하면서 방문하는 것처럼 보인다. 사진가는 내 위로 몸을 숙인 채, 내 주위를 맴돈다, 그는 말하지 않는다. 나는 내 얼굴이나 표정의 그 어느 것도 더이상 통제하지 못한다, 그것들은 더이상 나에게 속하지 않는다. 나는 말한다, "내가 마치 가혹한 형벌을 당하는 아이 같네요." 이런 자세로 있는 나는, 눈 위로 고정된 빛이 가득한 천장 아래서 고개를 뒤로 젖힌 채, 내 입안에, 혀 밑에 온갖 고철 더미가 느껴지는 치과에서보다 훨씬 더 불편하다고 느낀다. 장치는 암영의 칼날로 나의 머리를 자를 준비를 하고,

쟁반 위에 담아 살로메에게 보여주려는 것처럼, 금쟁반이 아니라 사진 종이에 담아 보여줄 준비를 한다. 내 손들은 밀랍으로 된 마네킹의 손이나 망자의 손처럼 보이기 위해서 손목 부위를 꺾어야 하고, 무기력하게 주위를 맴돌아야 한다.

어느 순간에 사진가는 그의 손목시계를 보고 말한다, "됐습니다, 30분이 지났습니다." 역할이 끝났다. 나는 사진가에 대한 증오 없이, 동시에 증오로 가득 차서, 막대한 체력을 소모한 이후처럼 얼이 빠진 모습으로, 녹초가 된 채 다시 일어난다. 나는 샤워실이 어디인지 묻는다, 나는 이 촬영 시간으로부터 나를 깨끗하게 씻고 싶고, 머리카락이 만들어주는 가리개를 내 눈 위로 다시 내리고 싶다, 우리는 헤어지면서 서로에게 공격적인 말들을 건넨다. 나는 사진가에게 내가 언젠가 그에 대한 기사를 써야 한다면 요리법 카드 형태로 할 것이라고 말한다.

내가 T.에게 그 촬영 시간에 대해 이야기하자, 그는 거의 알지도 못하는 사람 앞에서 내가 그렇게 투명하게 속을 다 드러내고 눈물범벅의 상태로 있었다고 나를 비난하며, 설사 그 자신이 나를 비슷한 상태로 몰아넣으려고 했어도, 우리의 친숙한 관계에도 불구하고 내가 분명히 거절했을 것이라고 한다. 그러나 그 촬영 시간에서 나온 이미지들은 나와는 완전히 무관한 이미지들이고 가면들이며 형태학적 모사 같은 것들이다.

조언

한 젊은 사진가가 그의 작업을 보여주는데, 그것은 창살과 징으로 표시된 횡단보도와 도랑들을 보여주는 사진들, 씨실 골조, 바둑판 모양의 배치, 생긴지 얼마 되지 않은 아주 풋풋한 미국 사진 전체를 재현하는 것처럼 보이는 완전무결한 그래픽 연습들을 보여주는 것들이다. 그것에 대해 무슨 말을 할 것인가? 인화의 품질을 지적해야 하나? 구성의 정확성을? 부주의한 사람으로 보이지 않으려면 어떻게 해야 하나? 자신과 아주 가까이 있는 상대방이 긴장한 채 다른 곳을 바라보는 척하는 게 느껴지는데 사진들을 두 번 볼 것인가, 사진들을 천천히 다시 볼 것인가? 그래서 뭐, 그것에 대해 말할 것이 아무것도 없다고, 이 작업은 품질에 대한 음울한 인상 이외에는 아무것도 불러일으키지 않는다고, 왜 말하지 않을 것인가?

"당신은 창살 사진을 찍을 때와 똑같은 엄밀한 정신으로 당신이 좋아하는 사람들 사진을 찍어야 할 것입니다." 바로 이렇게 말해야 할 것이다. 또다른 젊은 사진가가 그의 실망감을 이야기한다. 그는 거룻배를 조종하는 사람들에 관한 르포르타주를 하려고 해협으로 떠났는데, 사진 없이, 그 어떤 '좋은 사진'도 없이 돌아왔다. 그는 다음과 같이 이야기한다. "사람들하고는 순조롭게 진행됩니다, 내가 그들에게 말을 하는 한 사람들과는 순조롭게 진행되지요. 그렇지만 내가 그들을 사진에 담으려고 할 때부터는 나의 관심 대상은 더이상 사람들이 아니라, 내 사진입니다, 그리고 사람들도 그것을 느껴요, 그러면 그들은 마음을 닫아버립니다, 그렇게 되면 사진은 엉망이 됩니다… 당신과 아주 친근한 사람들, 부모님, 형제자매, 연인들 사진만 찍어봐요, 먼저 애정이 있어야 사진을 얻을 것입니다…"

아름다운 이미지

오늘 오후, 나는 생 루이 섬 다리 위를 걸어가면서 내가 사진 촬영하고 싶어 할 만한 이미지에 사로잡혔다. 머리카락은 헝클어진 채, 열세 살 아니면 열네 살의, 너무 빨리 자란 큰 소년이 그의 남동생일 것 같은 작은 소년 옆에서 걷고 있는 것이다. 나는 그들을 오랫동안 뒤따라가다가, 그들의 등 뒤쪽에서 계속 바라보고 싶어서 걸음을 늦춘다. 큰 소년은 사지가 매우 연약한 그레이하운드를 줄에 매서 왼손으로 붙들고 있다. 마르고 긴 그의 오른손은 작은 소년의 어깨 위에 놓여 있는데, 작은 소년은 플란넬 천으로 된 짧은 바지를 입고 회색 양말을 올려 신고 있어서 무릎 뒤쪽의 얼마 안 되는 살갗만 맨살로 드러낸 채 있다, 어깨 위에 놓인(자신을 낮추기 위해 노력을 하는 것 같은) 그 손과 병약한 개가 그렇게 가까이 있는 것, 그리고 단정하고 유행에 뒤진 소년의 그 의복, 그것들은 나에게 친절함이나 우정의 이미지 같은, 아주 감미로우면서 금방이라도 무너져버릴 것 같은 아주 덧없는 이미지를 만들어준다…

연속, 시리즈, 시퀀스

N.의 문화 센터의 젊은 사진 디렉터들이 '연속, 시리즈, 시퀀스'라는 테마로 전시회를 제안한다. 시퀀스는 서술의 연속성일 것이고 영화의 분할된 각 장면을 참조할 수 있을 것이다. 시리즈는 단 하나의 생각이나 단 하나의 사물을 활용한 고갈일 것이다. 연속은 메시지나 시각적인 수수께끼처럼, 여러 사진들이 일단 붙여지면 원래의 사진이 아닌 다른 것을 말하게 되는 그런 사진들의 '분할할 수 있는' 몽타주일 수 있다… 1978년 여름, 베이루트에서, 나에게 가장 강렬한 인상을 주는 진열창이나 포스터들에 의해 제시된 세 가지 종류의 이미지를 하나로 붙이면서 그렇게 사진에 의한 연속을 만들어볼 생각이 떠오른다. 은행과 우체국에는 검고 하얀 원형으로 장식된 젊은 테러리스트들의 얼굴 포스터가 있다. 사람들이 밀고

의 보답, 돈의 액수를 연결시키고, 사냥의 목표물을 늘어놓는 판처럼 X표시를 하면서 점차적으로 제거하는 얼굴들이다, 예술 상점의 진열창 속에는, 베이루트에서 바그너의 곡을 연주한 주역들의 사인이 들어간 사진들이 관광지 선술집 벽 위에 걸린 것처럼 놓여 있다. 그리고 약국들의 진열창 속에는, 끔찍한 하이퍼 리얼리즘의 그림이 있는데, 그것은 나병이나 균류, 장미꽃 같은 작은 구멍들을 보여주고 초록빛이 감도는 알뿌리들로 뒤덮인 살과 흘러내리는 콧물과 부어오른 눈을 보여주면서 여러 알레르기의 사례를 집약해주는 것이다. 그런데 이런 몽타주가 근거 없는 메시지, 이미지들이 유발할 수 있는 불안으로 인한 긴장, 난폭함에 대한 수수께끼 같은 비유 외에 무엇을 더 제공할 수 있을 것인가?

포르노 사진

나는 이미지와 실제로 사랑에 빠질 것이라는 희망을 가지고(그것은 공상적인 관점에서 이미 나를 흥분시킨다) 포르노 잡지를 산다. 어느 카탈로그에서 나는 그의 얼굴과 육체, 그의 음경을 보았다, 그래서 나는 잡지《디나모Dinamo 5》를 산다, 거기에는 같은 육체, 그 하나만이, 쪽마다 증가하는데, 계속 벌거벗은 상태로 표적을 바라보고 있으며, 아마도 한 번은 발기하는 것 같고 몸을 비틀면서 자신의 성기 끝을 핥고 있는 모습이다. 이 청년은 카탈로그 속의 청년과 동일 인물이다(이곳에서 사람들은 그를 조니 하덴Jonny Harden이라고 부른다), 그런데 갑자기 나는 그를 더이상 좋아하지 않게 된다, 나는 100프랑을 지불했지만 그는 나를 겨우 흥분시킬 뿐이다, 기껏해야 한 번 내가 그 위에서 수음할 수 있을 정도다. 하지만 나는 이 청년의 모든 것을 좋아한다, 즉 그의 입(고집스러워 보이는 그의 작은 입, 요즘 내가 읽고 있는 주네Genet는 그렇게 말할 것이다), 거의 면도도 하지 않고 분을 바르지도 않았을, 아직 사춘기에 이르지 않은 그의 몸, 묵직하고 멋지게 생긴 그의 음경, 심지어 사진을 위해 사람들이 선택해준 옷, 그의 가슴 위에서 열어젖힌 덧옷과 그의 머리 주위에 두른 띠, 그의 젖가슴 위로 걷어 올리거나 또는 그의 배 위로 잡아당겨 그의 음경을 비쳐보이게 하는 윗옷 등 모든 것을 좋아하는 것이다, 그렇지만 순간적으로 그것들은 더이상 나에게 어떤 효력도 없다, 우선, 반복되는 수많은 이미지가 나에게는 그에 대해 더욱 사실적인 이미지를 제공한다, 그리고 나는 그의 음경 주위로 내 입술을 내밀고, 그의 어깨 둘레에, 그의 가슴 위에, 그의 엉덩이 위에, 나의 손바닥을 내미는 것 외에는 더이상 그의 몸 위로 아무것도 투영시킬 수 없다, 그것은 내가 훼손시킬 수 없는 이미지다, 그러므로 나의 환상은 그 이미지에, 문자 그대로, 부딪힌다. 그래서 나는 그의 육체에서 좀더 사실적인 디테일들을, 예를 들어 발가락에 있는 잘 가려지지 않은 무사마귀나 또는 그가 물 밖으로 나올 때 보이는, 그리고 머리카락이 뒤쪽으로 끌어당겨졌을 때 드러나는 탈모의 시작 단계 같은 디테일들을 상세하게 관찰하려고 애쓴다, 그런데 그것은 완전히 움직이지 않는 이미지고 지나간 것이며 죽은 이미지고 실망하게 만드는 것이며 금방 관심이 없어지는 이미지인 것이다.

포르노 2

일반적으로 에로틱한 사진과 포르노 사진은 다음과 같이 구별된다. 에로틱한 사진, 그것은 정지되어 있는 무정형의 아카데믹한 나체다(회화 아틀리에와 전시장의 나체다), 아니면 그것은 포르노그래피의 은폐, 암시다. 포르노 사진, 그것은 섹스 파티를 하는 역동적인 나체, 가공되지 않은 것, 단단한 것, 뜨거운 것이다. 에로틱한 사진은 흑백이다. 포르노 사진은 색깔을 지니는데(바깥의 맑은 공기를 쐰 어린아이의 뺨에 대해 사람들이 말하는 것과 같다. 음경의 피가 증대하여 발기를 야기하는 것이다), 장밋빛이 지배적이며, 털은 젖어 있다. 에로틱한 사진은 청결하고 고귀하지만, 포르노 사진은 더럽고 추잡하다. 에로틱한 사진은 아주 비싸게 팔릴 수 있고, 그것은 멋진 종이에 인화된다, 그것은 보여줄 만하고 벽에 걸릴 만한 것이다, 사람들은 그것에 대해 부끄러워할 것이 없다. 포르노 사진은 형편없는 반사광을 지닌 광택지에 인화된다, 사람들은 그것을 감춘다, 사람들은 그것을 써버리고 던져버린다, 사람들은 그것을 함부로 대한다, 사람들은 그것을 더럽힌다. 에로틱한 모델은 아름다움을 지녀야 하고, 조명은 그 아름다움을 잘 꾸며줘야 한다. 포르노그래피 모델은 불완전하고 배불뚝이일 수 있는 것이다, 포르노그래피 모델은 살덩이 기계 장치의 한 조각일 뿐이고, 삽화의 한 부분일 뿐이며, 카탈로그의 모델일 뿐이다. 그것은 가치가 떨어진 육체다(그리고 할인된 것이다, 잡지의 육체는 매음굴의 육체보다 언제나 가격이 싼 것이다).

그렇지만 에로틱한 것과 포르노그래피 사이의 경계는 더욱 애매해지는데, 그것은 거래와 관계가 있다. 포르노그래피를 에로틱한 것으로 인정받게 할 수는 있어도, 그 반대의 경우는 드물다, 그럴 경우 아무 이득도 없기 때문일 것이다. 포르노그래피, 그것은(재능이나 영감에 의해 다뤄지지 않은 것과 마찬가지로) 예술에 의해 다뤄지지 않은 것이다. 많은 나체 사진들이 사진 자체보다는 그 사진들이 나타내는 육체 때문에 훨씬 더 많이 팔린다. 사진들은 예술과 예술의 보호라는 명목으로 팔린다. 에로틱한 사진은 액자에 끼워지고, 포르노 사진은 슈퍼마켓의 고기처럼 셀로판으로 포장된다.

에로틱한 사진의 육체는 조작될 수 있는 육체이므로, 사람들은 그것을 손으로 잡을 수 있으며, 포르노그래피로, 자기

만의 포르노그래피로 이끌어 갈 수 있는 것이다. "이 육체와 함께 내가 하고 싶은 것이 바로 이런 거야, 내가 만지고 싶은 게 바로 이런 거야, 내가 그 육체를 굴복하게 만들고 싶은 게 바로 이런 거야, 그 육체가 나를 굴복시키기를 바라는 게 바로 이런 거야"라고 하며 사람들은 환상을 품게 되는 것이다. 그것은 열려 있고 가능성이 있는 육체이며, 불분명한 육체다. 포르노 사진의 육체는 차단된 것이고, 하이퍼 리얼리즘적이며, 팽창된 것이고, 포화 상태인 육체다.

　나는 포르노그래피의 육체에 만족하지 못한다. 다시 말해, 그것은 나에게 형편없는 쾌락을, 아주 빠른 성적 쾌락을 주는 것이다, 그 육체가 나 대신 쾌락을 느끼는 것이다. 에로틱한 육체는 좋은 반죽이어서, 나는 내가 원하는 대로 그것을 주무른다, 나는 그것을 전도시킨다, 나는 그 육체로 하여금 그의 텍스트 이외의 다른 것을 말하게 한다, 나는 그것을 두 배로 만든다, 그것은 지칠 줄 모른다, 그것은 내 머리를 가득 채우기 위해서 종이 위에서 떨어진다, 나는 그와 함께 길을 간다, 그는 사람들이 그에게 말하는 모든 것을 한다. 포르노그래피의 육체는 자신이 원하는 것만을 하고, 멍청할지도 모를 연출가가 그 육체에게 시켰던 것만을 한다. 그런데 나는 포르노그래피 잡지들 속에서 나의 환상을 되찾기를 열망한다, 그러니 나의 환상은 결국, 이미 놓여진, 강요된 모델들인 것이다, 그리고, 아마도 수 세기 전부터 그랬을 것이다. 나는 그것들을

재생산할 뿐이다, 나는 쾌락을 찾는 관례적인 태도에서 벗어
나지 못하는 것이다.

붉은 스카치테이프

포르노 사진들이 금지되어 있고 X표시로 줄이 쳐진 대형 포스터만을 보여주는 파리에서와는 다르게, 브뤼셀에서는 포르노 사진들이 영화관 진열창 속에 전시되어 있어서, 모든 사람들이, 심지어 아이들마저도 그것을 볼 수 있다. 그렇지만 음부와 생식 기관의 조작들은 촘촘하게(거의 밀리미터 차이로) 구분된 경계선과 선정적인 경계 범위 내에서 붉은색 반창고로 뒤덮여 있다. 스카치테이프는 창구의 여성 현금 출납원이나 또는 극장 관리인이 붙인 게 틀림없을 것이다, 사람들은 성급하게 짜증을 내지만 또한 상세한 추측을 하며 태연스러운 태도로 그렇게 생각하는 것이다, 곳곳에, 그 또는 그녀가 여러 번에 걸쳐 그 일에 열중했을 것이다, 그래서 그것은 사진 위에, 대부분 직각으로, 여러 다른 두께를 만들어내는데, 마치 무절

제의 단계를 보여주는 것 같고, 해저 지도나 화산 지도 위에 있는 작열 지대, 소용돌이, 더욱 격렬한 난기류나 난류, 심연을 표시하는 것 같다… 사람들은 매혹되어 그것을 구별한다. 검열된 사진은 나체 사진보다 더 에로틱하다, 포르노 사진이 에로틱한 사진이 되는 것이다.

컬렉션

　　P.의 컬렉션은 액자에 끼워져 있지 않다, 그것은 벽에 걸려 있지 않다. 그것이 정말로 외설적인 것은 아니다, 그렇지만 그것은 감춰져 있다. 아마도 P.는 자신의 컬렉션 작품들에 싫증이 나는 것을 두려워하는 것 같다. 때때로 그는 그것들을 은밀하게 보여주고. 예민하게 떨면서 보여준다, 그리고 그는 곧바로 그것들을 정리해버린다. 그는 가정부가 그것들을 알아차리는 것을 바라지 않을 것이다. 따라서 《도둑맞은 편지》 속에 나타나는 포Poe의 예시를 따르는 것에 동의하는 그로서는 숨기고 싶은 물건을 보이지 않게 하려면 그것을 비밀리에 숨겨서 호기심 많은 사람들을 자극하고 물건이 감춰진 곳을 찾아내도록 하는 것보다는 그것을 눈에 잘 띄는 곳에 놓고 모든 사람들이 볼 수 있는 곳에 놓아두는 편이 더 낫다고 생각하

는 것이다… 그러므로 P.의 사진들은 그의 아파트 바닥에 잔뜩 널려 있는 프리주닉 슈퍼마켓의 비닐 봉투들 속에 아무렇게나 넣어져 흩어진 채, 벽면 아랫부분 널빤지에 맞대어 놓여 있다. P.가 그의 봉투에서 사진을 꺼내 벽에 붙여놓는 일도 생기는데, 단지 잠시 동안만, 자기 혼자만을 위해서 그렇게 하는 것이며, 작은 금속핀을 사용해서 벽지에는 핀 자국을 조금도 남기지 않는다. P.는 팬터그래프*의 효과에 의한 것처럼, 인간 육체의 작아진 어느 표면 위에 그의 손가락을 대는 것을 좋아한다, 그렇지만 이런 열정을 어떤 좀스러운 몸짓으로 축소시키는 것은 어리석은 일일 것이다…

사실, P.의 컬렉션은 두 가지로 구분되는 수집품으로 구성되어 있다. 우선은 구입한 것으로 이루어진 하나의 컬렉션이 있다(어떤 얼굴이 그의 마음에 들기만 한다면 그는 1,500프랑까지 지불할 수 있다), 그런데 그 얼굴들은 익명의 얼굴들이다, 그것들은 유령과 같아서 그는 그 얼굴들에게 장식적이고 일시적인 흥분 이외에 다른 것을 기대하지 않을 것이다. 그의 두 번째 컬렉션에 속하는 수집품들은 우선 그의 먹잇감들이다, 그것들은 첫 번째 컬렉션의 얼굴들과는 반대로, 종이 위에 누여지고 산성의 용해액 속에 담겨지기 이전에는 살아 있는 얼굴

★   축도기. 제도나 모형 제작에 사용되는 도구로, 원래 도면을 확대하거나 축소해서 그릴 수 있다.

들이다.

　위지Weegee처럼 P.도 일반적으로는 자동차로 움직인다. 일단 어떤 발걸음이, 머리카락 하나가 또는 파란색 스웨터가 그 눈의 은밀한 생각을 흔들어놓았다면 그는 한없는 핸들 조작과 사전 물색 작업과 미행을 하며 긴 추적에 나선다. 그는 상대에게 당장 다가가지는 않는다. 그는 상대의 집까지 뒤따라가거나, 아니면 상대의 일정표와 그 친구 관계에 대한 상황을 파악한다. 그 상대는 정보 카드의 대상이 되는 것이다. 그리고 모든 노력을 기울여 그 상대를 확고부동한 약속 장소로 옮겨가도록 하는데, 거기에서 그 상대는 전임자들과 후임자들의 바로 그 자리를 차지할 것이고, 거기에서 그 상대는 겉으로 보기에 멍청한 이미지, 미리 계획된 것은 아닌 이미지에 의해서 갑작스럽게 완성될 것이다, 즉 희한하게도 그가 그 상대를 저녁 식사에 초대한 유람선(바토무슈)에 의해서 말이다. 맹목적인 공범자인 유람선의 사진가는 수집가와 그의 모델 사진을, 항상 같은 사진을 찍는다. 수집가는 유람선의 선교를 내려가면서 사진을 구입하고, 사진은 나이, 이름의 이니셜, 정보 카드와 함께 가방 속으로 들어갈 것이다.

　P.는 최근에 비디오 장비를 구입한 덕분에 그의 컬렉션을 확대했다. P.는 일단 그의 모델들을 테이프에 담고 나면 그 모델들을 다시 보는 것을 용납하지 않는다. 어릿광대로 변장한 그 유명한 존 게이시John Gacy, 스물다섯 명의 청소년들을 살해

한 그 미국인 살인자가 처음에는 장난하며 놀기 위해서 청소
년들에게 수갑을 채웠고 그러고 나서 지하실에 그들을 매장
했으니, 살인자도 거의 다르게 행동한 것은 아니다, P.의 컬렉
션은 물론, 비밀스러운 작은 묘지다, 그렇지만 사진은 범죄보
다는 덜 폭력적인 압수 방법이다(그것이 P.의 용서의 조건이라고
할 수 있을 것이다. 그가 사면되기를).

중심와中心窩

나는 과학 잡지에서 다음의 기사를 읽는다. 시각의 선명한 표면은 '중심와'라고 불리는 망막 중심부에 있는 황반 중앙의 작은 함몰 부위로 국한되는데, 그것은 시각 운동에 의해 공간 속으로 투사되는 것으로서 자기 자신 앞으로 수평으로 팔을 뻗었을 때 검지손톱 크기에 불과하다고 한다.

그러므로 시야는, 정확한 시야는 사람들이 접촉과 유사한 활동 속에서, 공간 속에서 연속적으로 이동시킬 손톱 표면으로 한정될 것이며, 그것은 각각의 조각이 검지 손톱의 형태와 차원을 지니고 있을 퍼즐처럼, 접촉마다, 결정면마다 현실의 장면을 재구성할 것이다(근시들은 그것을 잃었을 것이다).

따라서 중심와는 시야의 흐릿한 원 안에 있는 또렷한 중심부의 한 점에 불과할 뿐이므로, 그것은 우리가 허공 속에 시선을 두고 있을 때처럼 색채의 불분명한 표를 구성할 것이다. 그렇지만 그 표 자체가 어쩌면 중심와가 이전에 기록해둔 것에 대한 기억에 지나지 않을 수도 있을 것이다, 선명한 시력의 또다른 격자무늬판에 의해 뒤덮이거나 또는 꿈의 이미지 속으로 녹아내려서 완전히 해체되기 전에 잠시 정지되어 남아 있을 고정된 이미지, 조금더 진동할 고정된 이미지처럼 말이다. 중심와 활동의 각 단계마다 휴식의 단계, 이미지의 소화 단계가 뒤따를 것이다. 즉 사람들은 이따금 중심와를 휴식하게 할 것이고, 무엇이건 응시하지 못하게 할 것이며, 중심와는 숙고 속에서 또는 수면 속에서 동요할 것이다.

때때로 중심와는 같은 표면 위로 여전히 다시 지나가기 시작할 것이고, 그 손톱의 촉각을 같은 이미지, 같은 얼굴, 같은 육체, 같은 그림 위로 지칠 줄 모르고 움직이기 시작할 것이다. 주체는 사랑에 빠지거나 또는 강박 관념에 사로잡히는 것이다. 그런데 다소 축소되고(또는 확대되고) 분할된 절단 장면을 통해서 그가 사진을 볼 때, 그는 중심와에 욕망이나 집착의 상태에 있는 눈의 운동과 비슷한 운동을, 다시 말해서 되새김을 강요한다. 그는 다른 것은 전혀 보지 못하고, 오로지 전체 맥락의 완전히 흐릿한 가장자리에서 분리된 이 이미지만을, 현실에서 분리된 이 이미지만을 보는 것이다, 그는 종이의 비현실적이고 똑같은 색소 형성들을 지나치게 많이, 지나치게 여러 번 보는 것이다, 사진의 시선은 일종의 시각의 물신 숭배로, 즉 중심와 내부에 있는 두 번째 중심와, 괴물 같은 아이, 아주 작은 심연, 훌륭한 농축액(지나치게 풍요롭고, 지나치게 달콤하거나 지나치게 신맛이 나는)인 것이다.

거기부터 커다란 크기와 작은 크기, 전시 또는 책, 투사된 이미지와 인쇄된 이미지를 위한 다른 유형의(그리고 다른 취향의) 활동이 생길 것이다. 이미지가 확대될수록 활동의 강도는 더욱 약화되고 동시에 더욱 재활성화된다. 중심와-손톱 끝으로 파악해야 할 더 많은 표면이 있으면 광선은 집중하는 대신에 확대되어야 하는 것이다. 그리고 야행성 무리 속에서 하얀 스크린 위에 이미지가 분리된다고 해도 손실, 파괴가 있을 수 있는 것이며, 중심와는 그 도정에서 주의를 산만하게 할 가능성이 있는 모든 종류의 기생충 같은 것들을, 그리고 개똥벌레 이외의 다른 것들을 만나고, 그 활동 유형은 공개적인 것이 되는 것이다. 반면에 작은 크기를 보는 것 또는 책의 이미지를 보는 것은 좀더 비밀스럽고, 좀더 고독하며, 좀더 사악한 활동 유형으로, 2센티미터 앞에서 눈을 바라보는 것이나 또는 포옹하기 직전에 입을 바라보는 것처럼 대상과 아주 가까이에서 보는 것일 뿐만 아니라, 열쇠 구멍을 통해서, 작은 상자나 메달의 이중 바닥에 있는 금지된 이미지 같은 것을 슬그머니 바라보는 것이기도 하다. 그러므로 우리는 자신이 욕망하는 바대로 또는 자신이 환상을 품는 바대로, 자신이 되새기며 음미하는 바대로 바라보는 것이다.

버스

- 이 이야기에 버스가 무엇 때문에 나오는 겁니까?

- 나에게 버스는 사진을 찍는 거대한 기계 같고, 상상의 카메라를 고정시킬 경이로운 삼각대 같으며, 회전하는 역동적인 삼각대 같습니다. 연속되는 바깥 광경을 절단하는 유리창은 뚜렷하게 그려진 규정된 사진틀입니다. 기계를 멈추게 하는 빨간 불은 카메라의 셔터 소리 같습니다. 버스는 사진의 운동성을 전달하는데, 그것은 지나치게 느리고 수고스러운 걸음도(좋은 사진을 포착하기 위해서 몇 킬로미터를 걸어야 합니까?) 지나치게 빠르고 너무 낮은 자동차도 제공할 수 없는 것입니다. 또한 버스는 모든 혼잡보다 조금더 위로 솟아 있어서, 멘톨이 콧속을 뚫어주는 것처럼 시야를 탁 트이게 해줍니다. 즉 버스는 이동 촬영이며, 동시에 크레인이고 파노라마 촬영인 것입니

다… 버스는 한 번의 눈짓으로 다수의 육체와 얼굴과 움직임과 태도를 포착합니다. 곤충 눈 각각의 홑눈이 분명한 시각을 결정짓는 것이라고 상상해본다면 그것은 파리의 커다란 눈, 겹눈, 회전하는 눈과 같은 것입니다. 버스에서는 보이지 않는 채 볼 수 있으므로, 버스는 탁월한 구경꾼인 셈입니다. 즉 거리에 있는 사람들은 다른 통행자들에게 그러듯이 버스에 주의를 기울이지 않는 것입니다. 사람들은 버스 안을 보려고 하지 않습니다, 게다가 밤이 되기 전에는, 카페의 테라스와는 반대로, 버스 안의 사람들은 길거리보다 훨씬 더 어두컴컴합니다. 그것은 이중적인 사진 기계인 셈인데, 안에서, 이런 흐릿한 어둠 속에서(그런데 비스듬히 비추는 이중적인 조명보다 더 좋은 것은 아무것도 없어요), 예측하지 못한 얼굴 생김새들의 조합을 만들어낸다는 점에서 그렇습니다. 밖에서는 무한한 측면이 있고, 안에서는 최소의 거리인 겁니다. 거리의 어떤 사진가도 얻을 수 없는 근접성을 이용할 수 있습니다. 선택된 대상은 붙잡혀 있는 것처럼 아무 방어책도 없이, 꼼짝 못 하고 자기 자리에 달라붙어서 움직이지 않고 있는 겁니다. 그를 깜짝 놀라게 할 수 있지만, 그는 감히 반박하지 못할 것입니다…

　－ 당신이 착각하는 겁니다. 버스는 사진 기계가 아닙니다. 그것은 영화 기계입니다, 그것은 단지 거대한 이동 촬영기일 뿐입니다…

　－ 아니에요, 그것은 브레이크가 망가진 맹목적이고 폭주

하는 기계에 지나지 않을 것입니다, 그렇지만 버스는 승객의 응시를 운반해주고 그 시선은 움직임을 다수의 사진으로 오려냅니다. 버스 유리창을 통해 바라보는 승객의 시선을 보십시오, 기차의 유리창을 통해서 보는 것처럼(그렇지만 기차는 너무 빨라서 시선은 얼이 빠진 모습입니다), 그것은 기계가 움직이는 방향과는 반대 방향으로 오갑니다, 그리고 이 이동성의 내부에서 각각의 응시, 멈춤의 매 순간, 관심의 매 순간은 일종의 셔터 소리인 겁니다…

　－ 당신의 비유는 그저 아름다울 뿐입니다, 왜냐하면 그것은 불가능하고 절망적이기 때문입니다. 천분의 일초에서도 그 기계의 움직임을 정확하게 따라갈 수 있는 카메라는 없을 겁니다, 아마도 빨간 불의 혜택을 볼 수 있겠지만, 빨간 불은 불확실한 것이고, 유리창에는 반사광이 있을 겁니다. 내부에 관해서 말하자면 버스의 사회적 분위기, 즉 일종의 예절, 승객들 사이에 내재하는 그런 종류의 존중이 있기 때문에 당신이 슬며시 사진을 찍었다면 첫 번째 사진을 찍자마자 곧바로 도망가야 할 것이고, 버스에서 버스로 건너뛰어야 할 것이며, 그것은 당신의 삶을 대단히 곤란하게 만들 겁니다. 당신의 버스-사진은 분명히 공상적인 것입니다. 다시 한 번, 당신은 사진 찍을 수 없는 당신의 무능력에 대해 말하는 것입니다…

춤

산카이 주쿠 그룹의 일본 무용수가 공작새와 함께 춤을 춘다. 하얀 흙가루로 분칠한 그의 몸 전체가 아주 하얗고, 머리는 짧게 깎여 있다, 그는 단지 자연색 그대로의 아주 간단한 옷을 허리에 둘러 묶어 걸치고 있을 뿐이다. 에나멜 칠을 한 생선 꼬리들과 고래류의 괴물 같은 지느러미들이 부착되어 있는 나무판 앞에서 그는 또렷이 드러난다. 그는 공작새를 기절한 여인인 것처럼 감싸안는다, 그리고 꽃가지 무늬가 그의 간단한 옷으로 이어져 금빛 얼룩무늬가 있는 긴 옷자락을 만든다, 사람들은 공작새에게 다리가 있고 타조의 넓적다리처럼 근육이 매우 발달한 넓적다리가 있다는 것을 알아차린다, 그렇지만 그는 공작새의 다리와 넓적다리 관절을 구부리고 접은 채 공작새를 움직이지 못하게 하고, 그런 공작새를 그의 왼

손으로 완전히 옆구리에 맞대어 붙잡고 있으며, 그의 오른손
으로는 공작새의 목을 길게 늘여서 둘러싸고 있다, 그는 아주
예민한 기계를 다루듯이 그것을 다룬다, 그는 거의 목을 졸라
질식시킬 정도로 공작새를 꽉 쥔다, 모든 것이 근육 수축의 긴
장감 속에서, 그가 손바닥에 맞대어 조절해야 하고 느껴야 하
는 피의 흐름에 따라 이루어진다, 일본 무용수는 공작새와 함
께 일종의 느린 속도의 탱고를 추는 것이다, 그는 공작새의 두
려움과 함께, 죽음에 이르는 매우 중요한 공포와 함께 춤을 추
는 것이다. 그것은 실제로 상상을 초월하는 순간으로, 엄청난
긴장감이 도는 아름다운 순간이다, 그렇지만 무용수가 겁에
질린 공작새를 놓을 때 우리는 더이상 무엇을 바라보아야 하
는지 모르고, 무용수와 공작새 사이를 오가는 시선은 어찌할
바를 모르게 된다. 공작새는 이제, 바보스럽게 모이를 쪼아 먹
고 발을 옭매는 끈 속에서 쩔쩔매고 있는, 겁에 질린 커다란
조류일 뿐이다. 그리고 무용수는 이제 느린 동작을 하는 무용
수일 뿐이다. 매혹은 감퇴되었고, 사람들은 실망을 느끼며, 허
공 속에, 그 둘 사이에, 마술이 일어났던 그곳에, 잠재적인 사
진이 있던 그곳에 시선을 두려고 한다. 게다가 산카이 주쿠 그
룹이 파리에서 공연했을 때 많은 사람들이, 사진가들이 삼각
대에 세운 카메라를 가지고 공연에 다시 왔다, 그들은 첫째 줄
의 좌석을 예약했다, 그리고 그들은 공작새의 출현을 기다렸
다. 그들은 사방에서 사진을 찍어댔다. 그들은 그 아름다움을

확신하고 있었다. 그런데 더없이 훌륭한 사진 같은 이런 이미지는(무용의 본질인, 공작새 목 근육에서 긴장감이 도는 미세한 움직임을 제외하면, 여기에서 무엇이 사진에서 벗어난다는 말인가?) 그들에게 속하는 것이 아니다. 그 이미지는 무용수에게 속하는 것이다, 그리고 무용수는 그것이 사진이 아니라 무용이기로 결정했던 것이다, 그러니 사람들은 반복해서 다음과 같이 말할 것이다, 아름다움은 연극처럼, 덧없음과 연결되어 있고, 상실과 연결되어 있다고, 또한 아름다움은 포착되지 않는다고 말이다. 다만 나는 무용수가 자신의 춤 속에 사진을 집어넣었던 것처럼, 사진가들이 그들의 사진 속에 더 많은 춤을(또는 연극을, 또는 영화를) 집어넣기를 바랄 뿐이다.

폴라로이드

　폴라로이드는 코카콜라처럼 등록된 상표다. 이런 종류의 상품이 성공하는 건 우선 신비로운 비밀에 달려 있다. 즉 그 물체는 경이로운 것임에 틀림없을 것이니 우리를 깜짝 놀라게 해야 하지만, 절대로 그 비밀을 완전히 드러내서는 안 되는 것이다. 순간적으로 갈증을 해소해줄 뿐 아니라 캐러멜이나 카페인 같이(어떤 이들은 심지어 코카인 성분을 말했다) 눈에 띄지 않는 자극을 신체에 주었던 그 검은 탄산음료, 코카콜라가 정확하게 무엇을 포함하고 있는지 알아내기까지 아주 오랜 시간이 걸렸다… 랜드Land 박사가 1947년에 미국광학학회에서 즉석 현상 필름에 대한 자신의 프로젝트를 발표했을 때, 그는 다음과 같이 분명히 말했다. "그 기술은 비밀로 남아 있어야 한다, 아니면 그것은 사진가의 정의상, 사진이 형성되는 기술에 대해서가 아니라, 오로지 사진을 찍는 예술에 대해서만 생각할 사진가에게는 존재하지 않는 것이어야 한다."

폴라로이드는 사진 산업의 새로운 제품으로 시장에 출시되었다. 즉, 그것은 구식 카메라들처럼 주름상자에서 좀 기괴한 방식으로 전개되지만 자리를 차지하지 않는 것이다, 그것은 '부지직…부지직…' 소리를 낸다, 그리고 끄트머리를 잡아당겨야 하며, 얼마 동안 흔들어야 하고, 시계를 보아야 하며, 현상액 부착물에서 이미지를 떼어내면서 이 화학적 배합물에 손가락을 대지 않도록 주의해야 하는 것이다. 그것은 아주 훌륭한 사진을 만들지는 않지만, 얼마나 재미있는 기계 다루기인가. 그것은 비싸다, 그렇지만 기다릴 필요가 없다, 모든 현실이 거의 곧바로, 축소된 모델로 당신에게 되돌려질 수 있는 것이다. 폴라로이드가 처음에는 아이들 놀이기구로 출시되었는데, 그것은 포르노그래피 도구였다. 그것은 애호가를 사진 현상실의 제약으로부터 자유롭게 해주었던 것이다. 그것은 더이상 외부의 시선과 검열을 통과하지 않아도 되는 자유로운 이미지를 허락했다. 그것은 애호가를 편집광에서 해방시켰다. 그리하여 폴라로이드의 목표는 완전함이었고 컬러였으며 다른 소비자들을 감동시키고 시장을 넓히기 위해 조작 방식을 최대한 단순하게 하는 SX-70이었다. 신기한 장치라는 측면, 테크닉적인 측면은 포기해야 했는데, 그것은 그런 측면의 친숙함으로 매력이 감퇴되었기 때문이고, 예술이라는 또다른 환상에 진입하여 그것을 자기 것으로 만들기 위해서였다. 다시 말해서, 아주 단순한 이런 테크닉을 사용해 예술을 창조하기 위한 것이었다. 그렇지만 전통적인 사진 역시 예술을 창조했기 때문에 폴라로이드가 그 고유의 예술을 만든다는 것을 보여줘야 했고, 비록 색채가 흡사하게 나온다고 해도, 또한 그 크기가 제한되어 있다 하더라도(최근에 50×60mm 크기에 이르렀다) 사진 예술과 구별되는 폴라로이드 예술이 있다는 것을 보여줘야만 했다.

워커 에번스Walker Evans, 안셀 애덤스Ansel Adams, 앙드레 케르테츠André Kertész, 두에인 마이클, 헬무트 뉴턴Helmut Newton, 랄프 깁슨Ralph Gibson 같은 사진 예술 옹호자들에게, 그리고 앤디 워홀Andy Warhol, 리처드 해밀턴Richard Hamilton 같은 화가들에게 폴라로이드를 나누어 주었다. 그들에게 이름을 요구했고 동시에 다음과 같이 요구했다. "이 카메라를 가지고서도 당신들이 일반적으로 사용하는 카메라로 하는 것과 똑같이 내지는 더 훌륭하게 작업할 수 있다는 것을 보여주세요, 이 카메라를 가지고 당신들이 다른 작업을 할 수 있다는 것을 보여주세요, 그렇지만 당신들의 버릇을 포기하지는 마세요, 사람들이 당신들을 알아보지 못할 겁니다." 한평생, 거의 건물 정면만을 찍었던 워커 에번스는 최종적인 집 정면 사진을 찍었다. 헬무트 뉴턴은 검은 에나멜 구두 속에서 꼼짝 않고 있는 여인의 다리를 사진 찍었다. 두에인 마이클은 기지개를 펴는 남자의 등을 사진 찍었다. 각자가 자신의 환상을 따라가고, 자신만의 고유한 표현을 다시 사용했다. 또한 사진가들에게는 여러 주제들, 예를 들어 자화상이라는 주제에 대해 작업하는 것도 제안되었는데, 이 카메라가 이런 고독한 행위에 아주 적합하기 때문이다, 다시 말해서 증인도 없으며, 이미지에 대한 전적인 관리가 가능하고, 사람들이 이미지로 남기고 싶은 것에 대해 전적으로 관리할 수 있는 이 고독한 행위에 폴라로이드가 적합했기 때문이다. 일반적으로 많은 폴라로이드 사진들이 버려진다, 도랑에서는 반쯤 구겨진 폴라로이드 사진들이 많이 발견된다. 음화도 없고, 흔적도 없으며, 증거도 없는 것이다. 마찬가지로, 일반적으로는 사진을 망쳤을 때 사진을 다시 찍는 것은 불가능한 일인데, 왜냐하면 그 사진에 대한 긴장과 욕망이 한풀 꺾이고 나서야 비로소, 밀착인화지에서 하루 이틀 후에나 비로소, 사진이 망친 것으로 드러나기 때문이다, 반면에 폴라로이드를 사용하는 경우에는 사진가가 만족할 때까지 곧바로 수정할 수 있다. 폴라로이드는 사진가에게 초안으로 사용될 수 있는 것이다.

폴라로이드가 그때까지는 번쩍거리면서 동시에 펠트 천을 씌운 것같이 누그러진 색채로, 꿈의 화면이나 복제 필터를 통과하는 것처럼 여과된 그 색채로, 약간 위조되고 현실에서 벗어난 사진들을 제공했었던 반면에, 거의 조작할 수 없는 50×60mm 크기의 암상의 도래와 함께 폴라로이드는 색채의

선명함을 획득하면서, 소위 표준적인 사진에 근접하게 된다,

빔 벤더스Wim Wenders 영화의 주인공인 루디거 보글러Rudiger Vogler는 무력감에 빠지거나 방황하는 동안에는 자주 폴라로이드 사진을(또는 즉석 사진을) 찍는데, 자신의 고독에 어떤 흔적을 겹쳐놓기 위해서, 고독에서 벗어나기 위해서 그렇게 하는 것 같다. 또한 자신을 필름통에 넣으면서, 그리고 압착기에서 나오는 간 고기처럼 하찮은 컷의 형태로 전락시키면서, 세상과 자신을 분리키는 간격을 증대시키기 위해서 그렇게 하는 것 같다.

폴라로이드는 사진 다음에, 예술의 위상에 다가서길 바라는데, 그것은 그의 권리다. 우리는 끈 조각, 난간에 얹은 손, 무엇이건 상관없이 그 어떤 것을 가지고서도 예술을 할 수 있는 것이다. 그렇지만 그 장비의 아름다움과 힘은 거기에 있지 않다, 그것들은 시간 속에서 뒷걸음질 치며, 직접성을 향해 나아가는 불안에 찬 그 질주 속에서, 다시 내뿜어지는, 성급한, 부서지기 쉬운 측면에 있는 것이다. 이제 85세이고 뉴욕에 거주하는 앙드레 케르테츠는 더이상 그의 카메라를 가지고 거리로 나갈 수 없다. 사람들이 곧바로 카메라를 훔쳐갈 것이다. 게다가 그의 손은 떨린다. 처음에 그는 삼각대 위에 카메라를 놓고 망원 렌즈로 그의 창문에서 사진을 찍었다. 이제 그는 집 안에 있다, 그는 폴라로이드를 가지고 유리로 된 작은 물건들 속으로의 빛의 투과를, 그의 창가에 앉은 새들을 촬영한

다. 그리고 그가 폴라로이드를 사용한다면 그것은 즉 죽음이 그에게서 이미지를 강탈해갈 수 있다는 두려움 속에서, 사진 현상 시간을 더이상 기다릴 수 없는 나이에 이르렀다는 것이 다…

선호하는 사진들

나는 폴커 카멘Volker Kahmen의 책 《사진은 예술인가?》를 훑어보면서 사진을 좋아하며 감상하기("좋아하며 감상하다"라는 문장은 보잘것없는 것이다, 솔직하게 말해서) 시작했다. 나는 한 잡지의 '오늘의 소식' 코너를 담당하고 있었다, 쉔느Chène 출판사의 프랑스어판을 책임지고 있는 언론 담당자가 나에게 그 책을 보내주었는데, 내 생각에 약간은 우연히 그런 것 같다. 나는 짧은 기사를 썼고, 그 언론 담당자는 계속해서 나에게 책을 보내주었다. 이렇게 나는 쉔느 출판사의 카탈로그를 통해 사진을 알게 되었다. 벼락 맞은 것 같은 커다란 충격과 함께 내가 즉시 좋아한 다이안 아버스Diane Arbus를 알게 되었고, 똑같이 커다란 충격과 함께 내가 역시 좋아한 토니 레이 존스Tony Ray-Jones가 있는데, 이튼Eton의 어린 중학생들을 찍은 그의 사진을 좋아했다. 내가 그 사진을 좋아한 것은 나도 그들의 옷을 입어보고 싶었기 때문이다, 내가 그 사진을 좋아한 것은 그 학생들이 멋있다고 생각했기 때문이다, 내가 그 사진을 좋아한 것은 그 학생들이 나에게는 절대로 속할 수 없는, 중등학교라는 미지의 세계였기 때문이다. 내가 발레리 라르보Valery Larbaud의《페르미나 마르케스Fermina Marquez》와 프레드 울만Fred Uhlman의《되찾은 친구》를 좋아할 수 있게 되었던 것과 마찬가지로, 나는 단번에 그 사진을 좋아했다. 나에게 그 사진은 똑같은 비밀을 내비쳤던 것이다. 청소년답고 의젓한 그 얼굴들에 관하여 나는 소설을 기획할 수 있을 것 같았다. 나는 에피소드들을 상상하고 그들을 배우로 선정하는 것에 지치지 않았다. 예를 들어서 나는 그들에게《생도 퇴를레스의 혼란》을 연기하게 할 수 있었다(중등학교에 대한 나의 환상은 이 사진에서 명확해진다).

다이안 아버스의 사진으로는, 머리를 뒤로 젖히고 있거나 잔디 위에서 깡충깡충 뛰고 있는, 수영복을 입은 다운 증후군 환자인 어린 소녀들의 사진을 나는 특히 좋아했다. 나는 그 사진에서 광기나 행복에 비견될 만한 움직임을 발견했다, 나는 두 가지를 구별하기 힘들었다, 나를 매료시켰던 것은 두려움과 자유 사이의 이런 혼란이었다. 이 이미지에서 나는 기쁨을 느껴야 했었나, 그리고 나의 기쁨은 정당한 것이었나? 그런데 나는 사람들이 아버스의 거의 모든 사진에 대해서 이런 반응을 나타낸다고 생각한다.

폴커 카멘의 책에서, 나는 회닝겐 휀Hoyningen-Huene의 한 사진을 좋아했는데, 다이빙대 위에 있는 수영복 차림의 두 육체를 뒤에서 찍은 사진으로, 매우 우아한, 잘 구성된 사진이었다. 나는 그들의 드러난 어깨를 좋아했지만, 무엇보다도 그 인물들의 성별을 규정할 수 없다는 점이 좋았다. 나는 이 사진 앞에서, 심한 마음의 동요를 느꼈는데, 그것은 내가 착각할 정도로 소년처럼 보이는, 길거리에서 마주친 소녀 앞에서 느끼는 혼란이나 또는 완전히 소녀처럼 보이는 소년 앞에서 느끼는 혼란과 똑같은 것으로, 성별 사이의 이런 연속적인 전환 앞에서 생기는 널뛰는 감정 같은 것이다. 내가 욕망해야 하는가? 아니면 안 되는가? 그런데 나의 욕망을 이렇게 한정 지어야 할 필요가 있는 것인가?

나는 내가 좋아하는 사진들을 수집할 수 있을 것이다. 다시 말해서 목록을 작성하고, 연속적으로 수집된 이름들을 지워버리는 것이다. 장터 축제에서 긴 띠 모양으로 이어지는 구슬 위에 놓인 표적들을 제거하는 것처럼 말이다. 그렇지만 나는 수집가의 열정을 신뢰하지 않는다. 나는 그것이 보잘것없는 강박 관념으로, 기계적인 축적으로 변질될까 두려운 것이다.

각 사진가의 작품에서 나는 쉽게 사진 하나를 선택할 수 있을 것이다. 앙리 카르티에 브레송Henri Cartier-Bresson의 작품에서는 1933년 발랑스Valence에서 찍은, 곰팡이 슨 벽 앞에서 춤을 추면서 머리를 뒤로 젖히고 있는 어린 소년의 사진, 마누엘 알바레스 브라보Manuel Alvarez-Bravo 작품에서는 1934년에 찍은 살해된 젊은 노동자의 사진, 에드워드 웨스턴Edward Weston 작품에서는 그의 아들 닐Neil의 여섯 장의 나체 사진 중 하나, 빌 브랜트Bill Brandt 작품에서는 대구를 운반하는 젊은이의 사진으로, 머리 위에 얹은 죽은 생선들 때문에 괴상한 모자를 쓴 것같이 보이는 사진, 에두아르 부바 작품에서는 바다 앞에서, 잠든 자신의 아들을 품 안에 안고 있는 모자 쓴 남자의 사진, 두에인 마이클 작품에서는 벌거벗은 젊은 남자의 정숙한 사진으로, 호텔 방에서 복부가 희고 역시 벌거벗은 소년을 자신의 어깨 위에 얹고 있는 사진, 베르나르 포콩Bernard Faucon 작품에서는 돛단배 사진으로, 곧 폭풍우가 휘몰아칠 컴컴한 숲 앞에서 이미지를 분할하는 돛대, 네모와 세모로 잘린 두 조각 천, 물의 반짝거림을 만들어주기 위해서 바닥에 굴러떨어져 펼쳐진 한 무더기의 흰 종이 등이 보이는 사진이다.

나의 취향, 미세하고 변덕스러운 어떤 성향들이 아니라면 이런 컬렉션의 주제는 무엇일까? 어린 시절인가? 죽음인가? 자기 품 안에 아이를 데리고 있는 남자가 나타내는 어린이 보존 테마인가? 아니면 이 모든 성향들의 혼합물인가?

나는 이 사진들을 구입할 수 있을 것이다. 그 사진들은 이제 1,000프랑에서 3,000프랑 사이에서 가격이 매겨진다, 나는 파리나 뉴욕에 있는 여러 갤러리에 갈 수 있을 것이다, 그 사진들을 서랍에서, 포트폴리오에서 벗어나게 할 수 있을 것이다, 나는 수표에 서명을 할 수 있을 것이다, 그 사진들은 곧바로 나에게 속할 수 있을 것이다. 나는 이 책으로 벌 돈으로 그것들을 구입할 생각마저 했다. 심지어 나는 그 사진들을 책에 삽입시킬 생각도 했다, 그렇지만 책을 진척시켜나가면서 점차 그 사진들은, 정말로 사진에 대한 음화가 되어가는 나의 이야기에서 낯선 것들이 되어가고 있다. 나의 이야기는 사진에 대해 음화의 방식으로 말한다, 그것은 오로지 아직 나오지 않은 유령 이미지에 대해서만, 아니면 잠재적인 이미지에 대해서만, 겉으로 드러나지 않을 정도로 내밀한 이미지에 대해서만 말한다. 그것은 또한 사진을 통해 시도하는 전기傳記처럼 되어, 각각의 개인적인 이야기는 사진으로 된, 이미지가 풍부하고 상상된, 각자의 이야기와 겹쳐지는 것이다. 그런데 내가 무슨 권리로 다른 그 이미지들, 다른 이들의 그 이미지들, 이 포지티브들을 독차지할 수 있겠는가? 그것들은 나의 이야기 속에서 지나간다, 그것들은 거기에 부딪힌다, 때로는 그것들이 거기에 정착한다, 하지만 그것들은 절대로 나의 것이 아닐 것이다.

기사

내가 아우구스트 잔더August Sander에 대해 기사를 써야 하는 날이 왔다, 곧바로 열이 올랐는데, 그것은 아마도 그 기사를 쓰지 못하는 나의 불가능성에서 비롯된 것 같다. 나는 그 초상 사진들의 단순함과 완전함에 너무 강한 인상을 받았고, 양차 세계대전 사이의 독일에서 형태론적 유형과 밀접하게 연관된 일종의 사회적 분류법을 만들고 싶어 했던 잔더의 그 미친 짓과도 같은 프로젝트에 몹시 놀랐다. 나의 밤은 혼란스러웠다. 나는 표현 양식마다 막히면서 끊임없이 기사를 다시 썼다. 그 기사를 가지러 와야 했던, 자전거를 타고 다니는 사람이 아침 7시에 인터폰을 눌렀다, 그런데 그때 나는 여전히 타자기 앞에 있었다.

나의 열은 기사가 발표되는 날 내렸다. 잔더의 사진들 속에는 '객관적인' 시도가 있었기 때문에 나 역시 나의 글 속에 똑같은 객관성을 부여하고 전기적인 몇몇 지표들을 제공하며 단순하게 작업 유형을 규정하고 싶었다. 그런데, 며칠 후, 인쇄되어 나온 기사를 내가 다시 읽었을 때, 나의 열은 마침내 사라졌다, 기사에서 나는 나의 병과 나의 고독의 모든 표현들을 발견했던 것이다. 나에게는 낯설었던 사진들인데도 나는 그 사진들을 통해 나에 대해서 말했을 뿐이라는 것을 알아차렸고, 그 사실에 겁이 날 지경이었다…

침묵, 어리석음

　- 사진이 네 삶에 스며들었어. 사진이 너를 사로잡았어, 전시회와 관련된 이 서류 더미들이며, 흩어져 있는 이 사진들로 가득한 네 아파트를 좀 봐. 심지어 너의 문체도 이제 완전히 변했고, 사진에 대한 갈망으로 가득해. 거기에서 너를 벗어나게 하는 것은 오로지 네 일기의 사소한 엉뚱한 짓들뿐이야…

　- 사실 얼마 전부터 사진은 생리적인 욕구가 되었어, 내 작업을 위해서 나는 거기에 푹 빠져 있기도 하고, 또 쉬기 위해서도 사진을 이용하고 있어. 나는 7시경에 집에 돌아오는데, 때로는 기진맥진한 상태로 돌아오지, 예전에 나는 책을 붙잡고 읽었어(그렇지만 피곤한 상태에서의 독서는 내 이맛살을 더욱 찌푸리게 하고 내 눈을 포화 상태로 만들어서 질리게 해), 소파 위에서

나는 목을 뒤로 젖히고 발은 테이블에 얹은 채, 전화벨이 나를 깨워주기를 기대하면서 약간 선잠에 들어보려고도 했어. 이제 나는 사진 책을 붙잡고 사진들을 보는데, 그것이 나를 진정시켜주는 거야, 마치 내가 마술의 도움으로, 갑자기 어떤 풍경 속으로 들어가는 것 같아, 실제 풍경이 나에게 줄 수 있는 불편함이 없는, 대기의 혼탁함이 없고, 날벌레도 없으며, 습격도 없고, 그 어떤 종류의 아무 변화도 없는 풍경 속으로 들어가는 것 같은 거야. 나의 신경들을 진정시키는 완전한 안정인 셈이지. 그리고 그건 초상 사진에 대해서도 마찬가지로 사실이야. 사진은 침묵과 연관되어 있어.

　- 하지만 사진은 또한 어리석음이 아닌가?

　- 잠자코 있어. 나는 곧 그리고 별안간에, 이 마력에서 훌훌 털고 벗어날 생각을 하고 있으니까, 그렇지만 나는 아직 사진과 해결을 보지 못했어…

사진에 대한 환상 III

긴 머리의 여인이 에나멜 칠이 된 욕조 속에 몸을 눕히고 쉴 것인데, 그 전에 욕조 바닥은 옛날 사람들이 구리의 차가움이나 나무 가시들로부터 신체를 보호하기 위해서 그랬던 것처럼 흰 천으로 뒤덮일 것이다. 그리고 여인은 팔과 상반신 윗부분을 간신히 비죽 나오게 내버려두고, 수의로 자신의 몸을 덮듯이 그 천으로 완전히 자신을 감싸면서 자기 몸 위로 천을 접을 것이다. 여인은 되도록 늙은 여인이라면 좋을 것이다. 난방을 하지 않도록 세심하게 주의를 기울인 욕실 속에서, 높은 창문을 통해 비스듬히 내려오는 빛이 있는 곳에서, 욕조의 물은 아주 뜨거울 것이며 수면 위에 작은 흰 수증기를 만들 것이다.

배신

나는 5년 아니면 6년 전부터 I.를 안다. 나는 한 잡지사에서 필경筆耕을 담당하고 있었고, 그녀는 바람처럼 휙 다녀갔는데, 표지 사진을 고르기 위해 자신의 매니저와 함께 들른 것이었다. 그녀가 얼마 전에 자신의 첫 번째 영화를 찍었으므로, 사람들은 오로지 그녀에 대해서, 그녀의 아름다움과 그녀의 나이에 대해서(그녀는 아직 스무 살이 되지 않았었다) 배우로서의 그녀의 재능에 대해서 말했다. 그녀가 잡지의 예술 감독에게 다음과 같이 말한다. "이 사진을 제외하고, 원하시는 사진을 모두 사용하셔도 돼요." 그런데 배신의 취향 때문인지, 아니면 그녀 자신이 배신을 초래했기 때문인지, 아니면 더욱 어처구니없게, 그녀가 얼굴을 찌푸리고 있는 사진이 예술 감독이 생각하기에 가장 상업적이고 가장 주목을 끄는 것이라고 판단했기 때문인지, 나도 왜 그런 것인지 모르겠으나, 그가 표지로 선택한 것은 바로 그 사진이었다. I.는 몇 주 후에 사무실에 다시 들렀다, 잡지는 아직 출간되지 않았지만 그녀는 벽에 걸린 표지의 초기 견본들과 마주하게 되었고 그녀는 자신이 제외시켰던 사진을 알아보았다, 그녀는 오열하며 털썩 주저앉았다. 그날부터 그녀는 사람들이 가져가는 모든 사진들에 대해 폭군 같은 통제를 하기로 다짐했다.

몇 달 후, 그녀는 잡지 편집진 가운데 나를 지목하여(스타는 자신의 인터뷰 기자를 선택할 수 있었다) 암스테르담에서 촬영 중인 그녀가 출연하는 영화에 대해 현지 보도 기사를 작성하러 오라고 했다. 그녀는 나를 '아메리칸 호텔' 바에서 몇 시간 동안 기다리게 했다, 그녀는 약속을 세 번 연기했다, 그녀가 얼마 전에 오스카상 후보로 지명되었으며, 바로 그날 저녁에 방송될 그리고 미국 전역에 녹화 방송으로 전파될 텔레비전 방송을 해야 한다는 것이었다. 마침내 나는 그녀와 단둘이 저녁 식사를 할 수 있었다, 그렇지만 그것은 단지 인터뷰 날짜를 연기하기 위한 것일 뿐이었다, 그리고 내가 그 다음 날, 그녀가 빌린 아파트에 그녀와 함께 있게 되어 나의 작은 녹음기를 그녀 앞에 놓았을 때, 나는 그녀가 일부러 음악을 약간 크게 틀어놓았다는 사실에 별로 주의하지 않았다. 그녀는 나에게 아주 오랫동안 말을 했지만 또한 아주 낮은 목소리로 말을 했다, 그날 저녁, 내가 호텔에서 테이프를 다시 들었을 때 나는 그녀의 목소리가 들리지 않는다는 것을 알아차렸다. 그래도 그녀는 나에게 그것을 지워버리겠다는 약속을 받아냈다.

그녀가 자신의 이미지를 다루는 방식은 이런 식의 지우기, 규제, 극도의 제한이라는 똑같은 시도로 귀착된다. 그녀는 단 한 명의 사진가에게 독점권을 부여했는데, 그 사진가는 작업실에서 나오자마자 곧바로, 밀착인화지와 그 음화들과 슬라이드들을 채 살펴보기도 전에 그녀에게 돌려줘야 했다, 그러면 그녀는 자기 가방 속에 그것들을 뒤죽박죽 집어넣었는데, 가방 속에는 또한 검사용의 작은 돋보기가 있었다, 그리고 그녀가 혼자 있게 되면 곧바로, 일종의 겁에 질린 욕심을 가지고 그것들을 바라보았다, 그녀는 대부분의 것들을 파기했다, 그녀는 밀착인화지 위에 낙서를 했고, 손톱 끝이나 바늘로 그에 상응하는 음화에 줄을 그었으며, 슬라이드들을 구겨버렸다. 나는 인터뷰 없이, 잡지를 위해 별 성과 없이, 그렇지만 새로운 우정에 대한 확신과 함께 파리로 돌아왔다. 해를 거듭할수록 이 우정은 견고해졌고, 모든 작은 것들에 대해, 우리가 아주 드물게 볼 수 있었기 때문에 특히 전화로 표시할 정도가 되었으며, 일종의 공동의 믿음을, 충실성의 증거를 가지게 되었다.

그 당시 I.는 이미지 관리에 실수를 했는데, 그것은 그녀의 직업에서 경력의 실수로 귀착되었다. 그녀는 그 순진한 이미지와 비범한 아이의 이미지로 괴로워했다, 그런 이미지로 사람들이 그녀를 취급하고 발탁했던 것이다, 그러므로 그녀는 그런 이미지를 넘어서고 싶어 했고, 어느 경우에라도 적합하게 기교를 부리며 치장한 여인의 이미지로, 화장한 가면으로 그 이미지를 대체하고 싶어 했던 것이다. 화장은 그녀를 미워 보이게 하지는 않았지만, 그녀를 완전히 평범하게 만들었다. 내가 잡지나 가판대 포스터에서 마주할 때면 매번 증오하던 진부하고 차가운 이미지밖에 남지 않았던 것이다. 나에게 그녀의 아름다움은 가냘프고 호리호리한 그녀의 모습 속에, 그녀가 보여주는 극도의 창백함 속에, 핏줄이 드러나는 거의 투명한 그녀의 피부 속에, 그녀의 목과 팔목의 아주 섬세한 관절 속에 있었다. 그런 모습 대신에, 나는 다른 수천 명과 비슷한 모델밖에 보지 못했고, 그렇지 않으면 거추장스러운 보석으로 화려해지고 분을 바른 일종의 부활절 달걀 같은 모습을 찾아낼 수 있을 뿐이었다. 여러 번, 우리는 함께 사진을 찍는 것에 대해 말했었는데, 최근의 의상 잡지 표지가 불러일으킨 분노가 나를 그렇게 하도록 서두르게 했던 것 같다. 나는 아주 단순한 검은 원피스를 입고 화장하지 않은 그녀의 모습을 사진 촬영하고 싶다고 그녀에게 말한다. 나는 그녀가 자르뎅 데 플랑트(수목원)의 맹수와 악어들이 있는 동물원 속에서, 고통스러운 습기 속에서 길을 잃고, 이빨과 으르렁거리는 소리와 녹슨 금속과 돌로 둘러싸여 있는 모습을 상상했다. 내가 그 장소에, 그녀의 곁에 도착했을 때, 나는 한 친구가 나에게

빌려준 카메라의 노출계가 작동하지 않는다는 사실을 알아차렸다. 나는 그 사진들을 절대로 다시 찍을 수 없을 거라는 두려움 때문에 그녀에게 감히 그 사실을 털어놓지 못했고, 적절한 노출값 세팅에 대한 기억을 바탕으로 사진들을 찍었다, 그녀와 헤어지면서 내가 이번 촬영에 대해 만족했는지 아니면 불만스러웠는지 말하기 어려웠을 것이다. 나는 특히 실패한 사진들에 대한 두려움이 있었던 것이다.

그녀는 내가 현상소에서 사진들을 찾으면, 그 다음날 나와 함께 사진을 보러 오겠다고 끈질기게 요구했다. 내가 현상소에 도착하는 것을 보면서 현상소의 아가씨는 곧바로 나에게 봉투를 내밀었고, 조롱기가 담긴 신랄한 어조로 나에게 말한다. "사진을 찍은 사람이 당신인가요?" "네, 왜요. 사진이 잘못 나왔나요?" 나는 아직 봉투를 열어보지 않았는데 사람들이 나 몰래 사진들을 보았다는 사실에 화가 났다. 그렇지만 사진들은 실패하지 않았다. 대부분 기술적으로는 괜찮았고, 그것이라도 그나마 다행이었다. I.는 사진들이 아주 맘에 든다고 나에게 말한다, 그녀가 사진을 찍지 않은 지 일 년이 되었다고 한다, 그래서 그녀는 그녀의 집 벽에 그 모든 사진을 붙여놓고 싶어 했다. 나는 제일 잘 나온 사진들을 세 장씩 현상하도록 맡겼다, 나는 그녀에게 한 세트를 주었다. 여러 날이 흘렀고, 나는 곧 베니스로 일주일 동안 떠나야 했다. 나는 점점 커지는 당혹스러움을 느끼며 사진들을 자주 바라보았다. 그 사진들을 찍은 나 자신에 대해 만족스럽다고 생각해야 하는지 아니면 실망스럽다고 생각해야 하는 것인지 여전히 몰랐던 것이다, 나는 그 사진들이 나에게 속한다는 느낌을 가지지 못했고, 그 사진들을 찍으려고 공들인 그 모든 것에 비해 상처를 받은 것 같은 느낌을 받았다, 나는 혼잣말을 했다. '그것들은 아마도 I.의 멋진 초상 사진들일 거야, 그게 전부야.' 내가 사진들을 찍었지만, 나는 그것으로 무엇을 해야 할지 몰랐다. 나는 쟈르뎅 데 플랑트의 맹수와 악어들이 있는 동물원이 수리 보수 문제 때문에, 얼마 전에 폐쇄되었다는 기사를 신문에서 읽었다. 그 장소들은 더이상 절대로 흡사하지 않을 것이고, 더이상 I.는 그곳에 있을 수 없을 것이다. 그 사실은 그 이미지를 유일한 것으로 만들어주겠지만, 이상하게도, 내가 보기에는 그만큼의 가치를 그 이미지에 부여하지는 않았다.

내가 베니스로 떠나야 했던 날 아침에, 그 어떤 사전 계획도 없었는데, 나는 다음과 같은 확신과 함께, 나 자신에 대해 약간 놀란 채, 눈을 떴다. '나는 I.의 사진들을 팔 거야, 발행 부수가 가장 많은 잡지사에.' 나는 그 사실을 미리 말해주려고 I.와 전화 통화를 시도했지만, 그녀는 집에 없었다, 그리고 나는 그녀의 부재에 안도했다. 나는 잡지사 건물로 갔다, 그곳에서 나는 알려지지 않은 사람이었다, 그리고 나는 자신이 책임자라고 하는 소심하고 뚱뚱한 한 남자에게 냉정하게 말한다. "내가 I.의 사진들을 가지고 있습니다. 자, 관심 있습니까?"

"얼마를 원하세요?" "백만." "당신이 뭐 잘못 아신 거 아닙니까? 가격에 대해 잘 알지 못하시나 본데, 아홉 장의 사진 가격으로는 너무 부풀려졌네요, 게다가 컬러 사진도 아닌데요." 나는 망설였고, 요구한 금액의 반액 정도의 수표를 받고 사진들을 맡기기로 수락했다. 그렇지만 나는 수표를 현금으로 바꾸지 않았고, I.에게 다시 전화를 걸었다. 그녀는 여전히 집에 없었다. 나는 그녀에게 편지를 한 통 썼다, 그러고 나서 두 번째 편지를 썼다, 나는 그녀에게 내가 머물 베니스의 호텔의 전화번호를 남겼다.

기차의 간이침대 위에 땀을 흘리며 누운 나는 잠들지 못했는데, 내가 한 짓이 몰상식하고 몰지각한 행동이며 끔찍하게 비열한 짓이며 배신인 것 같아 후회하면서 얼이 빠지고 지친 상태여서 오래지 않아 괴로워했다. 나는 도착하자마자 I.의 전화를 받았다. 나는 흐느껴 울었다. 그녀는 방금 나의 편지들을 받았던 것이다, 그녀가 나에게 말한다. "그러니까 당신은 정말 나에 대해 흡족하게 생각하지 않았네요, 당신은 복수하고 싶었던 거예요." 나는 그녀에게 또다른 편지를 썼다. 나는 다음과 같은 꿈을 꾸었었다, 내가 카약들이 굴러떨어지는 높은 두 산 사이의 골짜기 협곡에서 수직으로 하강하는 작은 비행기 속에 있었다, 그러고 나서, 나는 높은 곳에서, 울창한 나무숲 아래 웅크리고 있었다, 나는 또한 바위에 달라붙어 바위와 뒤섞이는 커다란 몰로스 개들을 보았는데, 그 개들은 야생

마들을 추격했고 야생마들의 목을 물어 피를 흘리게 했다, 그래서 나는 말을 질식시키고 있는 몰로스 개의 다리들을 면도 날로 잘랐다. 바로 그날 저녁, 나는 파리로 가는 기차를 다시 탔다. 기차역에 내리자마자 곧바로 택시를 타고 잡지사 건물로 갔다. 나는 여행 가방과 함께 무기력한 책임자 앞을 막아섰다, 그는 내가 왜 거기에 있는지 이해하지 못했다, 그는 한 여비서를 가리키면서 나에게 윙크를 하며 은밀하게 말한다. "저 여자는 애무 솜씨가 좋을 것 같군요, 그렇지 않소?" 내가 I.를 내팽개칠 수 있었던 곳이 어떤 곳인지를 생각하면서 나는 두려움에 몸을 떨었다, 나는 그에게 무뚝뚝하게 말한다, "사진들을 되찾으러 왔어요." 그리고 테이블 위에 수표와 보증서를 놓았다. 처음에 그는 나에게 사진을 돌려주기를 거절했다, 그렇지만 그는 내가 사진을 되찾지 않는 한 떠나지 않을 것임을 알게 되었고, 마침내 보증서를 찢어버렸다.

　나는 I.에게 전화했다. 내가 무법자의 행위를 저지른 후에 방금 기사다운 행위를 했다고 했다. I.는 아주 친절하게 나에게 말한다. "사실, 나에게 편지를 쓸 수 있기 위해서, 오직 그 이유 때문에 당신이 그랬던 거겠지요. 당신은 나에게 한 번도 편지를 쓰지 않았었지요, 나는 당신 편지를 받는 게 기뻐요." 그래도 나는 약간 부끄러워서 내 친구들에게 이 이야기를 하지 않으려고 무척 조심했다. 서둘러 돌아온 이유로, 나는 다음과 같이 매력적인 다른 이야기를 했다. "카르나발이 다가오는데도 베니스는 침울하고 추웠어. 나는 혼자서 다니엘리의 바에 갔었어, 벨리니를 한 잔 주문했지, 너희들도 알겠지만, 흰 복숭아를 으깨어 아스티 스푸만테*에 혼합한 칵테일 말이야. 바 주인이 나에게 말했어. 그런데 선생님, 제철이 아닌데요. 하지만 그의 대답이 나를 너무 화나게 해서 곧바로 나는 가방을 챙기러 갔지…", 얼마 후에도 나는 이 설명을 또 늘어놓을 수 있었다. 내가 좋아하지 않았던 I.의 이미지에 대해 복수하기 위해서, 강제로, 나는 그 이미지 대신에 나에게 소중했던 그녀의 이미지를, 그녀에 대한 나의 이미지를 사용하길 바랐었다, 요컨대 일종의 무장폭동이었다. 그렇지만 그 설명은 충분하지 않았다. 나는 조심해야 했던 것이다…

★　Asti Spumante: 이탈리아산 스파클링 백포도주.

증거

    동베를린을 떠날 때, 프리드리히스트라스Friedrichstrasse 세관에서, 유니폼을 입은 남자가 펼쳐진 여권을 손에 들고 있다, 그리고 그의 머리와 눈은 신체의 각 부위의 유사성과 일치성을 확인하기 위해서 불규칙하고 기계적으로, 그렇지만 정확하게, 사진과 얼굴 사이를 열 번 남짓 오간다. 얼굴이 유사성을 표시해주는 영역으로 구분되어 바둑판 모양의 선으로 나뉘어져 있다고 할 지경이다, 그는 매번 눈길을 보내면서 각 모양을 제거하는 것 같다, 그는 당신 얼굴의 이 조각이 다른 조각들과 함께 사진이 제시하는 일종의 퍼즐을 구성하면 그 조각을 사면하고, 통행 신호를 작동시키며 출구로 나갈 수 있다고 허가하는 것이다. 사진은 절대적인 증거다. 숫자와 날짜와 이름과 스탬프와 서명 옆에 붙은 사진은 벽의 한쪽이나 또는 다른 쪽에 있을 수 있는 당신의 권리를 부여하는 것이다.

그렇지만 불규칙적으로 오가는 세관원의 시선은 현기증을 일으킨다. 그 시선이 갑자기 어느 작은 한 조각에 부딪치고 얽혀서 비상벨을 작동시키며 멎어버린다면? 내 얼굴이 갑자기 사진과 더이상 흡사하지 않다면? 통상적인 내 모습이 없다면? 또는 사진 자체가 나를 저버린다면? 갑자기 세관원의 기계적인 시선이 쇠퇴하고 유사성의 코드를 통제하는 중앙 컴퓨터에 합류하지 않는다면? 갑자기 나의 시선이 불안에 사로잡혀서 사팔눈으로 보기 시작한다면? 또는 나의 입이 좁게 움츠러든다면? 또는 내 얼굴 전체가 아래쪽으로 무너져 내린다면? 나는 절망적인 상황에 빠지게 될 것이다, 나는 긴급히 즉석 사진 촬영소에서 다시 내 사진을 찍어야 할 것이고, 거기에서 나올 이미지는 법적으로 유효하다고 인정된 이미지와 더욱 동떨어진 이미지일 것이다.

세관원은 한 소녀에게 귀가 보이도록 머리카락을 올리라고 요구한다, 왜냐하면 사진에서 보이는 그녀의 귀가 이제는 머리카락 더미 아래에 가려져 있기 때문이다, 그리고 그는 사진에 보이는 귀처럼 그녀의 귀에 구멍이 뚫렸는지 확인한다, 그렇지만 사진에 나타난 구멍은 어쩌면 수정한 부분일 수도 있고, 실제 귀의 구멍은 어쩌면 최근의 것일지 모르며 사진보다 나중에 생긴 것일지도 모른다, 사진은 경찰 흉내를 내는 결함이 있는 증거인 것이다.

수정 작업을 하는 여자

어두운 작업실에서, 그녀의 붓, 잉크, 크레용, 파스텔 그리고 그녀가 그 용액을 밝히고 싶어 하지 않는 화학 제품들이 담긴 작은 병들 가운데, 기울어진 테이블과 잡지들 사이에서, 수정 작업을 하는 여자는 세계 지도 위로 몸을 기울이고 있다.

어느 날, 한 사진가가 전시회에 사용될 몇 장의 인화된 사진을 그녀에게 가져오는데, 그 사진들의 음화에는 약간 긁힌 자국이 있었다. 모델은 몸 전체에 주근깨 같은 다갈색 얼룩을 지니고 있었다. 사진가가 그 사진을 되찾았을 때는, 그의 신경을 거슬리게 했던 작은 흰 칼자국은 더이상 보이지 않는다, 그렇지만 모델의 다갈색 얼룩도 더이상 보이지 않는다. 완벽함에 익숙한, 수정 작업을 하는 여자가 눈 깜짝할 사이에 그것들을 모두 사라지게 한 것이었다…

또다른 사진가가 현상소에서 서투르게, 이미 수정해보려고 시도했던 사진들을 그녀에게 가져온다. 수정 작업을 하는 여자는 화를 낸다. "나는 다른 사람들이 내 일을 대신하는 걸 싫어합니다." 그리고 그녀는 알코올에 젖은 작은 솜으로 사진을 약간 거칠게 닦아낸다, 사진이 뒤틀린다. "걱정하지 마세요, 늘 하는 일이에요." 그리고 나서 그녀는 사진을 말리기 위해서 달팽이 모양의 전기 드라이어를 잡는다. 그가 사진을 되찾을 때, 사진가는 자신이 제거하고 싶어 했던 작은 결점을 아무리 찾아보려 해도 소용없을 것이고, 수정된 사진을 불빛 아래에서 모든 각도로 돌려보아도 결점을 발견하지 못할 것이다.

수정 작업을 하는 여자의 고객들은 광고 회사, 사진 현상소, 디자인 스튜디오, 의상 잡지사, 주간지, 일간지, 제약 회사 실험실 그리고 물론 사진가들이다.

"우리는 항상 사진에서 출발합니다." 수정하는 여자가 말한다. "검은 브로마이드지에 작업하거나 아니면 색을 넣습니다. 화학 약품으로 그렇게 합니다. 사진이 인화되면 그 품질이 떨어지므로 수정 작업이 요구되는 겁니다. 모든 것을 강조해야 하고, 밝은 부분은 더 밝게, 어두운 부분은 더 어둡게 하고, 중간 톤은 좀 더 잘 구분되어 보이도록 해야 합니다. 예를 들어서 보석을 찍은 흑백 사진에는 빛과 하이라이트를 첨가하는 것이 필요합니다. 그것은 얼굴과 같습니다. 여러분은 일반적으로, 다른 사람들이 찍은 사진에 나타난 자신의 모습이 여러분이 거울 속에서 바라보는 자기 자신의 모습보다 덜 멋있다고 생각합니다. 사진은 아무것도 감추지 않습니다. 뺨이나 광대뼈의 볼록함이 없이 너무 밋밋한 얼굴, 우리는 그것을 보강할 수 있습니다. 축 처지는 눈썹이나 다른 쪽보다 더 큰 한쪽 눈은 교정될 수 있는 겁니다. 얼굴은 대부분 비대칭입니다, 수정 작업을 거치면 좀더 정결한 입을 가질 수 있게 되고, 입 양쪽이 균일하게 될 수 있습니다. 주근깨나 여드름이나 눈언저리의 거무스레한 반점 등은 미용 크림을 판매하기 위해서는 아주 권고되는 사항이 아니므로, 우리는 그것들을 없애버리는 것입니다. 근심 걱정으로 생기는 주름은 제거해야 하지만 표정에서 나오는 주름은 제거하지 않도록 주의해야 합니다. 같은 방식으로, 가장 아름다운 손이 결점들을 가지고 있으면 우리는 손가락 마디들을 가다듬기는 하지만, 손가락 마디를 지나치게 없애버리지는 말아야 하는 겁니다. 우리는 해부학의 기초 지식을 가지고 있어야 합니다… 수정 작업에서 우리는 사진 합성도 합니다. 만약 유력한 주간지가 유명한 인물들을 돋보이게 하는 데 방해가 되는 몇몇 인물들을 사진에서 지워버리기로 결정했다면, 우리는 그들을 화학적으로 없애버립니다. 내가 말하고자 하는 것은, 사진에 감광되었던 것을 가려주는 화학 약품을 가지고 공백으로 처리할 수 있다는 겁니다. 텅 빈 필름으로 되돌아가는 겁니다."

광고 회사들과 매체들과 소비자들 사이에서, 수정 작업

을 하는 사람들은 비밀 요원처럼 간주되며, 드러나지 않은 헤아릴 수 없이 많은 사형 집행인들처럼 여겨지고, 결점들을 몰살해주는 대단한 집행인들처럼 보인다. 수정 작업을 하는 여자는 현실을 정리 정돈하고 아름답게 해준다. 그렇지만 그녀는 또한 약간 마술사이기도 하다. 그녀는 움직이지 않는 비행기들을 날게 할 수도 있고, 탈모증 치료 크림을 광고하기 위해 대머리에 머리카락들을 심어넣을 수도 있는 것이다. 그녀는 뜬 눈을 감게 할 수도 있고 또 감은 눈을 뜨게 할 수도 있는 것이다, 그녀는 죽은 이들을 걷게 할 수도 있는 것이다.

위조품

　마누엘 알바레스 브라보의 살해된 젊은 남자의 사진에 대해서, 나는 이상야릇한 꿈을 꾸었다. 나는 사진을 구입하고 싶었던 것이다, 그래서 나는 사진을 보유하고 있던 갤러리에 예약금을 걸어놓았던 것이었다. 사진은 멕시코에서, 1934년 시위 중에 죽음을 당한 노동자를 보여준다. 앞이 벌어진 그의 셔츠 밑에서, 그의 배 위에서는 여전히 허리 벨트가 반짝이고 있다, 그리고 피는 그의 입 위로 퍼져서 입마개 같은 모양을 만들고 있으며, 그의 목덜미는 피로 물들어 새빨개진 머리카락으로 길게 연장되고 있다. 그의 두 팔이 그의 몸에서 아주 멀리 떨어진 곳에, 바닥에 놓여 있어서 그는 마치 날아가는 것 같다.

　나는 사진을 찾으러 갤러리에 갔다. 사진은 벌써 알바레스 브라보 자신에 의해, 뒤에 약간 스카치테이프가 붙여져서 마운팅되어 있었다. 그렇지만 꿈에서 사진은 또한 두껍고 볼품없는 트레이싱 페이퍼로 다시 씌워져 있었는데, 아마도 사진을 보호하기 위해서 그런 것 같았다, 나는 그것을 벗겨버리고 싶었다. 그런데 사진이 너무 좁은 비닐 봉투 속에 끼워넣어져 있었기 때문에 봉투 바깥으로 사진을 밀어내는 것은 쉬운 일이 아니었다. 내 생각에 이 모든 거추장스러운 물건들은 오로지 사진의 결점을 감추기 위해서이거나 아니면 잘못 인화된 사진을 무사히 통과시키기 위해 마련된 것 같았다, 그런데 내가 비닐 봉투에서 꺼낸 것은 그저 아주 진부한, 완전히 다른 사진뿐이었다, 그 사진은 노동자보다 약간 더 살찐 한 남자가 다만 눈을 감고 앉아 있는 모습을 보여주고 있었다. 죽음은 수정 작업에 불과했던 것이고, 피는 비닐 봉투의 트레이싱 페이퍼 위에서 반대 방향으로 그려져 있던 것뿐이었다. 나에게 사진을 판 A.는 분노하며, 곧바로 양손으로 사진을 구겨버렸다, 그런데 나는 사진의 구김살을 다시 펴려고 했다, 사기 행각의 증거로 간직하고자 했던 것이다. 나와 함께 간 T.가 나에게 말한다. "이 사진은 네가 그것을 사고 싶었을 정도로 너를 꼼짝 못 하게 하는 힘을 가지고 있었는데, 네가 이 사진으로 뭘 어쩌겠다는 거야? 사진은 완벽했었어, 네가 비닐 봉투에서 사진을 절대로 꺼내지 말았어야 했던 거야." 나는 알바레스 브라보를 원망했는데, 위조를 했기 때문이 아니라 죽음을 가볍게 여겼기 때문이다(그가 나에게 판 것은 위조된 죽음이었고, 나는 그 가격으로 진짜 죽음을 원했던 것이다)… 잠에서 깨어나자, 기만적인 비닐 봉투와 속임수 트레이싱 페이퍼는 사진과 떼어놓을 수 없는 진리들 중 하나처럼 여겨졌다. 시간은 분장扮裝처럼 사진들 위로 지나가고, 사진들을 앗아가며, 사진들을 왜곡시킨다. 따라서 매력적이고 둔해 보이는 사진들은 결국 사진들 그 자체가 아닌 다른 것을 말하는 것이다.

슬라이드

우리는 얼굴들을 상기하기 위해서, 다소 즉각적이고, 다소 흐릿하며, 다소 지나가버린, 여러 종류의 정신적인 슬라이드들을 가지고 있다, 우리는 머릿속에, 바로 눈 뒤에, 다른 스크린이 있는 것 같은 그곳에, 다소 친숙하고, 다소 기능할 준비가 되어 있는 폴더들과 음화들의 저장소들을 가지고 있으며, 또한 좀더 멀리 떨어지고 높은 곳에 위치한 저장소들을 가지고 있다. 우리는 가끔씩 함정 속으로 또는 불 속으로 완전히 떨어져버리기 전에, 좀더 오래되고 약간 잊어버린 슬라이드를 찾으러 가고, 감지할 수 없을 만큼 서서히 다른 쪽으로 미끄러져 사라지는 얼굴을 찾으러 간다, 그런데 우리는 때때로 슬라이드를 더이상 되찾지 못하고, 오로지 저장소의 그 번호만을 가지고 있을 뿐이다, 그렇지만 그 슬라이드는 없어진 것이며, 우리에게는 이름 외에, 어느 것도 더이상 남아 있지 않은 것이다, 그러면 우리는 완전히 없어지지 않은, 같은 저장소의 모든 음화들을 하나하나 다시 검토해본다, 그리고 우리는 겹쳐보고 확인해보며 희생된 이미지를 재구성해보려고 노력한다, 그렇지만 때로는 명백한 그 어느 것도 더이상 나타나지 않는다, 그저 보기 흉한 가짜 수염 같은 코의 형태에 지나지 않거나, 아니면 반쯤 망가진 음악상자의 음정들 같은 목소리 중 한 억양에 불과할 뿐이거나, 아니면 오직 머리카락의 색깔 뿐이거나, 의상에 대한 추억일 뿐이거나, 여전히 가볍게 증발하거나 아니면 썩은 내를 풍기는 아주 어렴풋한 냄새일 뿐이다, 즉 그것은 이미지가 요구하는 노력 속에서, 다시 존재하려는 이미지의 간청 속에서, 아주 흐릿하고 불완전하며 고통스러운 이미지에 불과할 뿐인 것이다.

이 음화들은 여러 종류의 추상적 관념이고, 존재의 확실성이며, 호감이나 반감들이다. 그것들이 정말로 근접 촬영된 상세한 묘사는 아니지만, 근접 촬영의 축소 모형으로, 피골이 상접한 북아프리카 원주민인 카빌리아의 얼굴들 같은 것이다, 그것들은 또한 수면睡眠 직전에, 고요함 속에 울리는 단편적인 마지막 목소리 같은 것이며, 마지막 영상의 떨림 같은 것이다.

나는 가장 친숙하고 가장 가까운 나의 저장소들의 슬라이드들을 내 머릿속에서 다시 상영해보려고 애쓴다. 내가 보기에 그것들은 영원히 고정되어 있으며 분리되지 않는 것 같

185

다, 그런데 어쩌면 가장 추상적인 것들 또한 그것들인지 모른다, 왜냐하면 나에게 그것들을 다시 형상화시킬 필요가 없기 때문이다, 그것들은 즉각적이다, 그것들은 거기에 있다, 내가 그것들을 치워버리고 싶어도 그렇게 할 수 없을 것이다. 나의 부모님의 얼굴, T.의 얼굴, Y.의 얼굴, C.의 얼굴, M.의 얼굴, P.의 얼굴, F.의 얼굴, 심지어 B.의 죽은 얼굴, 심지어 내가 더이상 다시 보지 않는 얼굴들, 그것들은 여러 다른 가까운 단층들 속에 있고, 물론 나는 그것들을 한 저장소에서 다른 저장소로 보낼 수 있으며, 앞으로 나아가게 하거나 뒤로 물러나게 할 수 있다, 왜냐하면 내가 그 저장소들을 정돈하는 일이 있으니까 말이다, 그리고 때로는 내가 그것들을 던져버리거나 아니면 그것들이 스스로 내던져진다, 그것들은 포기한다, 그것들은 자리를 내놓는다, 그것들은 생분해성 같다. 내가 한 번밖에 보지 못한 얼굴들도 있고, 나의 모든 노력에도 불구하고 불가피하게 뒤로 물러서는 얼굴들도 있다, 그런 얼굴들과는 내가 에스컬레이터에서 뒷걸음질 치면서 억지로 나아가는 것 같은 것이다, 그것들은 지나치게 무겁다, 그것들은 쓸모없는 것들 같다, 그래서 나는 어쩔 수 없이, 그것들이 언젠가는 떨어져나가도록 내버려둘 수밖에 없다. 그렇지만 나는 가장 명백한 얼굴들을 규정하는 것이 무엇인지 알아보려고 하고, 어떤 모양들이 그것들을 고정시켰는지 알아보려고 한다, 즉 그것들이 표정인지 아니면 독특한 분위기인지를 말이다.

가장 멀리 떨어져 있는 아득한 얼굴들은 지나치게 어둡거나 아니면 지나치게 희미한 이미지들과 같아, 복원을 필요로 하거나 더 긴 노출 시간을 필요로 한다, 그것들은 아주 천천히 재생된다, 그리고 그것들은 매 기억마다 복제의 복제 과정을 거치는 복제 음화들이다, 그것들은 항상 원본에서 조금 더 멀어진다. 가장 친숙한 얼굴들은 더이상 눈의 색깔들이나 입술이나 코의 윤곽선들조차 아니다, 그것들은 더이상 나이들조차 아니다, 그것들은 본질적인 이미지들 같고, 포함된 것들 같으며, 뿌리뽑을 수 없는 엉긴 덩어리들 같다.

(각각의 죽음은 소위, 의식의 빛 속에서 마지막으로 다시 상영될 사진의 파괴를 초래할 것이다…)

보지라르 로路의 약사

　　보지라르 로路에, 내 집 맞은편, 약간 떨어진 곳에, 작은 약국이 있었는데, 그 약국은 두 옷 가게 사이에 짓눌려 꼼짝 못하고 끼여 있는 아주 협소한 곳으로, 왁스 칠이 된 낡은 나무 주추가 있고, 모든 종류의 약초와 방향성 식물들과 가루들을 담고 있을 것이 틀림없는 라틴어 이름이 적힌 도자기 병들이 있어서 항상 어두웠다. 그런데 무엇보다도 약사는 아주 위엄이 있었고, 늘 혼자였으며, 아마도 홀아비이거나 아니면 독신자 노인이었는데, 오로지 감색 양복만을 입고 있었고 그의 자부심처럼 보이는 나비넥타이를 맨 차림으로만 있었다. 그는 약국만큼이나 비좁은 약국 뒷방에 살고 있었다, 그는 몇몇 제품들밖에 팔지 않았는데, 다른 제품들은 그에게 너무 하찮게 보였기 때문이다, 그는 여전히 작은 저울로 조제약의 분

량을 쟀고, 핀셋을 사용했으며, 그가 등록기 자판을 누를 때에는 끔찍한 금속성의 소음이 났다. 그 가게 안의 모든 것이 시대에 뒤떨어진 것이었다. 아마도 그 자신 역시 더이상 일할 나이가 아니었겠지만, 그는 저항하고 있던 것이었다. 그는 그의 고객들을 고결하고 공손한 태도로 대했다. 지나치게 두꺼운 그의 안경 뒤에서 그의 흰 눈썹과 속눈썹이 그의 양복 깃을 수놓으면서 잘게 부스러지며 흩어지는 것 같았다.

매일 12시 반 정각에, 그는 약국 문을 닫았다, 그리고 그는 아주 천천히 길을 가로질러 건너갔다, 그의 약국 맞은편에 있는 카페로 들어가기 위한 것이었다. 그는 전혀 주문할 필요가 없었다. 그를 박사님이라고 부르는 카페 종업원이 곧바로 생맥주와 마요네즈를 곁들인 삶은 달걀을 그의 테이블에 가져다주었던 것이다. 그리고 박사님은 그날 어떤 과일이 들어갔는지 종업원에게 문의하고 나서, 그날의 과일 파이를 먹었다, 그렇지만 그 질문은 다만 습관적으로 던지는 것에 불과할 뿐이었다, 그는 대답을 듣지도 않았다. 나는 이 노인을 관찰했다, 그리고 나는 경외감을 가지고, 거의 두려움을 가지고 그의 약국으로 들어갔다, 약 냄새는 숨을 막히게 했다. 그의 약국을 찾는 손님들은 적었다. 사람들이 정확한 약 이름을 대면서 약을 요구하면 그는 불가피하게 다른 것을 주었고, 사람들이 항의하면 그는 그 약이 더이상 만들어지지 않는다고 말하거나, 아니면 그 약이 나쁘다고 여기기 때문에 또는 효과가 없다고 생각하기 때문에 그 약을 파는 것을 용납하지 않는다고 말했다. 그는 오직 취미 삼아서만 계속 일하는 것 같았다. 그는 판매 대리인들에게 자신의 진열창을 내주지 않았다, 그는 돈을 대수롭지 않게 여겼던 것이다.

어느 날, 나는 그의 사진을 찍고 싶었다. 나는 이 약국이 곧 없어질 거라는 것을 알았다, 그러니 서둘러야 했다. 나는 외투 주머니에 작은 카메라를 숨기고 약국까지 갔다. 나는 진열창 앞을 여러 번 왔다 갔다 했다. 약국 안에는 항상 들어가고 나오는 누군가가 있었기 때문에, 나는 인도에서 서성거리며 안절부절못하고 제자리를 맴돌며 시간을 보냈던 것이다, 마치 내가 습격할 준비라도 하고 있는 것처럼, 나는 맞은편 인도의 상인들이 나의 술책을 주목할까 봐 두려웠다, 그래서 나는 약국에서 멀어졌다. 나는 되돌아왔고 단호한 발걸음으로 약국 안으로 들어갔다. 나를 향한 노인의 시선을 느꼈을 때 나는 그가 묵직한 안경 뒤에서 의혹에 찬 눈초리를 보낸다고 생각했다, 그래서 나는 용기를 내어, 머릿속에 금방 떠오른 이름의 약을 요구했다. 그가 조제실에서 돌아왔을 때, 나는 쉽게 내 카메라를 노인에게 겨누고 사진을 찍은 후 달아날 수 있었지만, 그렇게 하지 않았다.

나는 5분 후에, 카메라를 손에 들고 약국으로 되돌아갔고, 그에게 사진을 찍을 수 있도록 허락해달라고 요청했다. 그러자 즉시, 그는 나에게 나가라고 명령했다, 내가 여전히 망설이는 것처럼 보였으므로 그는 서랍을 열어 그 안에 손을 넣었고, 나에게 물러가라고 다시 한 번 명령했는데, 그의 손은 마치 권총이나 또는 눈을 멀게 하는 어떤 분사기를 서랍에서 꺼낼 것만 같았다… 나는 떨면서, 얼어붙은 표정으로 나왔다. 사진 요청은 아무리 공손한 것일지라도, 그에게는 그 정도로 난폭하고 위협적인 것이었다, 그러므로 그는 무기로 또는 총을 빼드는 제스처로 그 요청을 물리쳤던 것이다, 아마도 서랍 속에는 아무것도 없었을 테니까…

몇 주 후 아니면 몇 달 후에, 나는 약사의 약국이 완전히 보수되고 현대적으로 재건축된 것을 알아보았다. 왁스칠이 된 낡은 나무 주추 대신 미닫이 장치가 된 금속 제품 서랍이 있었고, 도자기 약병은 없어졌다. 나는 버스를 타려고 매일 그 앞을 지나갔는데, 그곳에서 공사를 하는 사실을 알아차리지도 못했고, 그러고 싶지도 않았던 것이다. 양복을 입은 노인 대신 흰 가운을 입은 젊은 여자들이 있었다. 나는 그 노인을 다시는 보지 못했다.

사진, 죽음에서 가장 가까이에서

　　77년 가을(나는 이 날짜를 내 일기장에서 다시 본다)이면, 내가 작가 R. B.를 알게 된 것이 대략 6개월 전부터일 텐데, 그에게 나의 책을 보냈고 그가 나에게 답신을 했던 때며, 그 당시 처음에는 우리가 서로에게 편지를 썼던 때다. 그러고 나서 우리는 만났고, 함께 여러 번 저녁 식사를 했다. 그는 어머니와 단 둘이 살고 있는데, 그의 어머니는 이미 아주 연로하고 편찮으시다. 내 전화를 받는 사람은 대부분 그의 어머니다, 나는 그녀의 목소리를 안다. 그런데 그 가을 내내 R. B.는 모든 약속을 연기한다. 그의 어머니가 편찮으셔서, 그가 어머니 곁을 지켜야 한다는 것이다. 전화선 너머, 그의 목소리는 조금 기력이 없이 공손한 태도로, 점점 더 약해지고 슬퍼진다. 나는 그가 생 쉴피스Saint-Sulpice 광장의 그 어두침침한 아파트 속에 틀어박혀 나오지 않은 채, 그의 어머니를 위해 매우 감미롭게 피아노를 치는 모습을 생각해본다, 아주 창백하고 몹시 피곤해서 하얀 침대 시트 속에서 쉬면서도, 내 생각에, 당신 아들에게 요리를 해주려고 여전히 계속 일어나는 그 노부인을 위해서 말이다. 그 대신 그는 어머니에게 책을 읽어주고, 평온하게 그녀를 즐겁게 해주며, 그녀를 위해 콧노래를 부르고, 열이 올라 짓누르는 듯 무거워진 어머니의 눈꺼풀 위에 자기의 입술을 갖다 대는 것이다.

어느 날 나는 그의 어머니와 함께 그의 사진을 찍고 싶은 나의 바람을 말하기 위해 편지를 썼다, 그것은 그가 자신의 모든 시간과 애정을 바친 사람이 그의 어머니이기 때문이며, 견고한 관계가 유지되는 것은 제일 먼저, 바로 그런 점에 있기 때문이었다. 사진은 그 자체로는 단순하고 평범한 것일 수 있었다(게다가 나는 약간 단조로운 사진을 생각하고 있었다. 그의 어머니는 눕거나 또는 의자에 앉고, 그는 어머니 가까이에 서서, 어쩌면 그녀의 손을 잡고 있는 모습으로 말이다), 사진은 심지어 기술적으로는 실패할 수도 있었다, 그래도 사진은 강렬한 것이었다. 그것은 '바로 그' 사진이었고, 그 당시로서는 내가 R. B.를 찍을 가능성이 있는 유일한 사진이었다.

답장을 받지 못했으므로, 나는 나의 제안이 아주 신중하게 표명되었을지라도 그것이 그를 놀라게 했거나 아니면 단순히 그의 신경을 거슬리게 했을까 봐 걱정스러웠다, 왜냐하면 나의 제안도 그에게 되풀이되며 쌓이는 온갖 종류의 요청에서 비롯되는 중압감의 일부였기 때문이다, 즉 서문, 기사, 라디오와 텔레비전 출연, 사진 요청과 연설이나 영상 그리고 결국에는 비행기 여행에 이르는 수많은 요청은 그 자신의 작업을 해야 하는 측면에서는 빼앗기는 시간과 노력이기 때문인 것이다… 열흘 후였을 것이다, 기껏해야 열흘이 지난 후, 그의 대답에 대해 일종의 불안감을 느끼며 나는 그에게 전화했다.

그의 목소리는 여느 때보다 한층 더 음울하고 더 생기가 없었다. 나는 그가 내 편지를 잘 받았는지 물었다. 그가 나에게 말한다. "너 소식을 모르는구나? 어머니가 돌아가셨어, 열흘 전에…" 그러니까 그가 내 편지를 받았을 때는 그의 어머니가 돌아가셨을 때거나, 그의 어머니가 이제 막 돌아가실 참이었던 때거나, 아니면 그의 어머니가 방금 돌아가셨을 때였던 것이다. 나는 정확하게 어느 순간에 내 편지가 위치하는 것인지, 또한 그것이 그를 절망 속에 빠지게 했었는지, 또는 반쯤은 고의적인 것이 아닌 이런 세심한 조심성 부족에 대해 반감을 품고, 혐오감을 느끼면서 그가 내 편지를 던져버렸는지 알려고 하지 않았다. 나는 계속 사과와 변명을 하며 어쩔 줄 몰랐지만 그는 나의 사과와 변명을 교묘하게 피했고 나를 만나는 시간을 다시 연기하며 다음과 같이 핑계를 댔다, 어머니의 죽음으로 인한 정지된 그 시간, 시체 옮기기, 승계 서류, 또한 고통의 진정, 부재에 익숙해지기, 그녀 없는 세상으로, 어머니가 없는 세상으로, 새로운 세계 속으로의 아주 느리고 아주 고통스러운 진입 등… 나는 우리 사이에 이 편지가 검은 얼룩처럼, 후회처럼, 헛걸음처럼 영원히 남게 될까 봐 두려웠다.

그렇지만 이 기이한 경험(기이하다는 것은 그 경험이 실패한 것이기 때문이고, 또한 사진은 사망으로 인해 빼앗겨버리고 찍히지 않았기 때문이다)은 나에게 한 가지 사실에 대해 분명하게 인식하도록 해주었다. 즉 내가 사진 찍고 싶어 했던 것, 나에게 아주 드물게 촉발되는 이 욕망, 그것은 언제나 죽음에 가까이 있는 것이었고, 따라서 무례함에 가까이 있는 것이었으며, 이번에 그랬던 것처럼 나의 제안이 곧바로 '뒷전으로 밀릴 수 있는' 경우에는 사과와 변명에 가까운 것이라는 점이다. 거의 같은 시기에 나는 배우 M. L.을 마비 환자인 그의 어머니와 숙모와 함께 사진 촬영하고 싶은 바람을 C. R.에게 말했었는데 C. R.은 나의 요청이 지닌 성격을 나타내기 위해 '능수능란하게 교활한'이라는 단어를 찾아냈다.

그러나 '죽음에서 가장 가까이에서'라는 이 요청은 사실 공통적이고, 사진에 관해서는 거의 평범한 것이다, 왜냐하면 죽음과 가장 가까운 사진을 전하는 것, 심지어 죽음의 사진을 전하는 것은 모든 특파원들, 전쟁터나 재난 현장이나 기아 현장으로 파견된 모든 사진가들의 몫이 아니겠는가? 잠시 뒤에 파편 조각으로 날아갈 찡그린 얼굴의 관자놀이를 겨냥한 총을 나는 계속 그려본다, 또는 칼이 지나가고 난 후 머리가 없는

데도 계속 무릎 꿇고 있는 그 남자가 항상 떠오른다. 죽음 바로 직전의 순간이나 바로 직후의 순간을, 시간이나 공간의 가장 가까이에서 죽음을 나타내는 사진은, 비록 그것이 기술적으로 좋지 않고 흐릿하거나 구성이 좋지 않더라도, 사진가가 무명일지라도, 이미 그 자체로 상품화할 수 있는 사진이다. 틀림없이 그런 사진은 미디어와 위성을 찾아내서 방송될 것이고, 여러 나라로 전파될 것이다. 그것은 무한대로 재생산되고 증가할 것이다. 그것은 상상 속에서, 셀 수 없을 정도로 많을 것이고 일시 정지된 것으로 남을 것이며, 작은 위협처럼 또는 자기 자신이 사진 틀 바깥에 있다는, 그리고 여전히 바라볼 수 있다는 희열처럼, 계속 전율을 느끼게 하는 것으로 남을 것이다.

(그런데, 그림에서 우리가 바라보는 것은 그리스도의 옆구리 사이의 붉은 절개 부분, 그 찢어진 상처이고, 길에서 바라보는 것은 개의 배설물이다. 그렇다면 어째서 사진의 두 가지 커다란 매력이 피와 찌꺼기가 아니겠는가?)

사진에 대한 환상 IV

그 광경은 해부학 원형 계단 강의실에서 벌어지는 일일 것이다. 학생들, 흰 가운을 입은 젊은 여자들과 남자들은 실험 대상과 스승에게 가까이 다가서기 위해서 반원형의 의자에서 내려왔을 것이다. 인체 모형상과 나란히 줄지어 있는 병들과 칼날, 해부용 칼, 납작하거나 둥근 가위 같은 다양한 해부 도구들을 지탱하는 선반들이 있을 수 있다. 스승은 사진마다 등장하는, 가느다란 철테 안경을 쓴, 머리가 완전히 없는 대머리의 그런 남자일 것이다. 원형 계단 강의실의 중앙은, 단 아래가, 서커스 무대처럼 모래나 톱밥으로 뒤덮여 있을 것이다.

연구 대상은 최근에 사망한 벌거벗은 젊은 남자일 텐데, 아직 망가지지 않은 상태이며, 그 어떤 상처도 보이지 않고, 체액도 전혀 흘러나오지 않는 상태일 것이다. 다만 아주 창백하고 완전히 분칠이 되어 있으며, 눈은 감고 있다. 그러나 반들반들하고 단정한 그의 입은 반쯤의 꿈속에서처럼 거의 미소를 띠고 있으며, 모래 속이나 아니면 경우에 따라 톱밥 속에 박혀 있는 주철 다리가 달린 흰 대리석으로 된 좁은 판 위에 등을 대고 있을 것이다. 그의 골반은 내의류 담당 여자의 빨랫방망이처럼 직각으로 나뉜 나무판자 위에 놓이고 벌어진 상태일 것이며, 생식기 검사를 위한 것처럼 그의 다리는 높이 들려 있고 그의 발은 허공에 매달려 있을 것이다. 대리석 판이 그의 어깨 높이에서 멈추고 있으므로, 만일 남아 있는 찢어진 흰 천에 두툼하게 감싸인 아치형의 작은 철제 보호 틀로 그의 목덜미를 받치지 않는다면, 그의 머리 역시 풀어헤친 검은 머리카락을, 또는 금발의 긴 머리카락을 허공 속으로 떨어뜨릴 것이다. 아치형의 작은 철제 보호 틀의 아주 가느다란 다리도 테이블과 떨어져 있는 작은 받침돌 위에 있고, 모래 속에 박혀 있다. 스승과 학생들은 그림틀에서 완전히 사라질 때까지 실험 대상에서 천천히 멀어질 것이다.

거리를 두고 멀리서 찍은 두 번째 사진에서는, 경이롭게 배열된 근육에 좀더 칙칙한 외피를 적나라하게 남긴 채 얇은 조각으로 벗겨진 젊은 남자의 목을 보는 것 같을 것이다.

마지막 사진에서는 아무도 없는 원형 계단 강의실 속에서, 사람들이 젊은 남자의 머리 위에 흰 천을 씌워 그의 상처를 감출 것이다.

야만적인 훈련

의과 대학 해부 교실 쓰레기 비닐 봉투 속에서 토막 난 시체로 발견된 열아홉 살 소녀의 사진을 렌Rennes 로路에, 생제르맹Staint-Germain 사거리에, 그녀가 죽은 날 또는 그 전날 그녀가 지나갔던 모든 장소에 붙이면서, 경찰서 강력계는 통행인에게 야만적인 훈련을 강요한다(나 자신도 몇 달을 기다린 후에, 상점 유리문에서 그 포스터가 막 떼어진 날에서야 비로소 그 포스터에 대한 글을 쓰기로 결심한다, 포스터가 이렇게 사라져버림으로써 마치 사진이 퍼부었던 강박적인 저주가 정지되기라도 한 것처럼 말이다).

그것은 황무지의 빽빽하고 메마른 덤불 앞에서, 작열하는 햇볕 아래 찍힌 평범한 사진으로, 휴가철 사진이다. 그 소녀는 하얀 티셔츠를 입고 있는데, 그것은 목 가운데 부근에서 검은색과 흰색의 진한 경계선으로 두드러져 있는 모양으로 재단이 되어 있어, 죽음을 예고하는 불길한 자국을 감추고 있는 티셔츠다. 왜냐하면 목이 바로 이 경계선에서 잘린 것이 틀림 없을 것이기 때문이다, 게다가 머리는 여전히 발견되지 않았 다. 사진에 있는 이 머리는 아직 살아 있다. 소녀는 햇살 때문 에 눈을 돌리고 있는데, 분명히 경험이 없고, 어쩌면 살인자일 지도 모를 사진가가 태양과 마주하는 곳에 소녀를 세워놓았 던 것이다. 게다가 그녀는 작열하는 태양에 정면으로 세워진 것이므로, 이미 태양은 그녀 얼굴에 약간 찌푸린 표정을 드러 나게 하는 가벼운 고문이 되는 것이고 그녀에게서 완전히 솔 직한 태도를 없애버리는 것이다. 사진 아래에 놓인 텍스트는 그 상상력의 결점을 보충시키고 정보 요구, 고발 청원을 구체 적으로 나타낸다. 즉 그녀가 죽기 전 며칠 동안, 소녀는 검은 가죽점퍼와 청바지 차림이었으며 망태기 같은 큰 가방을 메 고 있었던 것이다, 그리고 그녀의 양말과 그녀가 최근에 염색 을 해서 하얀 흔적이 조금 있는 검은 장화에 이르기까지 모든 것이 묘사되었던 것이다. 그녀는 소니 상표의 워크맨을 빌렸었 다. 사체 감식이 재빨리 준비되었는데, 손에 덧붙여진 색깔들 처럼 눈이 있는 자리에 사진을 담갈색으로 채색하고, 머리카 락을 약간 금발로 하기 위한 것이었으며, 가슴 바로 위에서 화 면에 맞춰 투사된 사진 아래에 누워 있는 시체의 크기를 상상 해보게 하기 위한 것이었다.

　　사체 감식의 묘사가 시체의 더욱 내밀한 몇몇 디테일들을 우리에게 밝혀주었을 때 그것은 외설적인 것이 되었다. 티셔츠가 가리고 있지만 태어날 때부터 목에 지니고 있는 그 작은 두툼한 점 그리고 그녀의 신원을 확인시켜준 팔꿈치에 난 그 긴 상처. 살인자가 어쩌면 입맞춤을 했을지도 모르는 이 두 가지 소중한 디테일, 살인자의 정신을 잃게 만들었고 또한 그를 저버린 이 두 가지 소중한 디테일, 디테일들 전체가 사진에서 벗어나 일종의 상상의 영화 속에서 활기를 띠게 되는 것이다.

이 텍스트 전체를 사진과 통행인, 즉 구경꾼 사이에 위치시키면서, 포스터는 그들 사이에 두 번째 텍스트를 전개시키는데, 그것은 신문들과 정보에서 출발해 만들어진 영화 필름과 같은 것이며, 살인 자체고 또한 구경꾼에게 어느 방식으로는 잔인한 훈련을 강요하는, 다시 말해서 현장 검증 때처럼 그 자신이 범죄를 다시 저지르도록 강요하는 것이다. 살아 있는 그 얼굴 위에, 범죄라는 장래를 투사하지 않을 수 없는 것이다.

소녀는 자신의 집에서 살인을 당한 것인데 살인자가 그 시체를 치워버리려고 의과 대학에 시체를 버린 것인가? 아니면 누군가 해부학 교실을 구경시켜준다는 핑계를 대며 그녀를 의과 대학으로 초대해서, 결국 그녀가 자신의 운명이 그 시체들과 함께 있는 것이라는 사실을 알아차렸을 때까지 있었던 것인가? 누군가 증거도 없고, 흔적도 없이, 그녀를 죽음의 함정 속으로 떨어뜨리고 싶었던 것인가?

우리는 사진 위에, 이런 생명의 외양에, 두려움과 고통의 절정을 포개어 놓는데, 그것은 두려움과 고통이 완전히 공상적인 것이기 때문이다, 사진을 완전히 뒤덮는 잔인한 모방처럼, 스너프 영화 필름처럼 말이다(이런 영화들은 마피아가 변태 성욕자들용으로 미국에서 제작했을 것이며 그 영화들의 배우들은 카메라 앞에서, 거짓 꾸밈 없이, 살해되었다). 통행인은 살인자가 된다, 그리고 스스로 무죄를 증명하고 싶어 한다.

부조리를 통한 증거

여기에 바로 사진들이 무고하지 않다는 증거가 있다. 또한 사진들은 죽은 편지가 아니며 정착액으로 방부처리된 생명력이 없는 물건들이 아니라는 증거가 있다. 여기에 바로 사진들이 작용한다는 증거가 있고, 사진들이 표피 뒤에 감춰진 것을 드러낸다는 증거가 있다. 여기에 바로 사진들이 단지 윤곽이나 배치만이 아니라 음모들도 꾸민다는 증거가 있고, 사진들이 불행을 계획한다는 증거가 있다. 여기에 바로 사진들이 정신들을 환대하는 유연한 소재라는 증거가 있다. 여기에 바로 사진 찍기에서 일종의 살인을 보는 인디언들에게 근거를 제시할 수 있는 이유가 있다. 여기에 바로 부인들의 몇몇 미신적인 생각들을 정당화할 수 있는 이유가 있다…

장면은 파리에서, 생자크 로^路에서, 피혁 판매인의 상점과 베트남 음식점 경영자의 상점 사이에 끼어 있는 작은 서점에서 벌어지는 것이다. 신비학, 간판. 책들이 유리 진열창을 완전히 막아버리고 있다, 《침묵의 빌라》 또는 《푸른 산들의 나라에서》 같은 이름의 책들이다, 그 책들은 환생과 강신술降神術에 대해 말하고 있다. 한 점성가가 그곳에서 살았으며, 그의 육신은 페르 라세즈Père-Lachaise 공동묘지에서 화장되었지만 그는 여전히 그 집을 떠나지 않고 있다. 도식화된 손에 그려진 선들, 행성들의 조직망들이 상점 문을 가리고 있어 바깥에서는 안이 들여다보이지 않는다. 서점 안으로 들어가자마자 이상한 향내에 사로잡힌다. 그것은 병들 속에서, 용연향의 냄새를 풍기며 떠돈다. 그것은 어쩌면 하나의 향에 지나지 않을지 모른다. 조금 전에 언급했던 그 부인들이 딸들과 함께 와서 앉아 있고, 그 여자들은 한 말씀이 그녀들을 해방시켜주기를 기다리고 있다. '사적 공간'이라고 적혀 있는 불투명한 문이 계시의 장소를, 소리 없는 분주함을, 하얗게 지새우는 밤들을 감추고 있는데, 약속된 바로는 이 밤들은 정신을 집중하며 지새우는, 초상화 위로 계속해서 추를 다시 통과시키느라 지새우는, 악령을 쫓아내기 위해 그 위에 자기 손을 대고 지새우는 밤들이다, 또한 약속된 바로는 예언자의 눈 밑에 거무스레한 무리 자국을 낸 하얗게 지새운 밤들이다, 그런 수고, 그런 불면증들은 아주 비싸지 않아서, 40프랑밖에 안 된다, 사람들은 그를 보러 간다. 그런데 나약한 모습의 한 남자가 방금 370프랑을 금고에 넣었다. 조작자 같은 점성가는 전혀 돌팔이 사기꾼의 모습이 아니고, 요술쟁이 모자나 뱀들이 뒤엉켜 있는 반지들이나 루비처럼 빛나는 시선을 가지고 있지 않다. 그 반대로, 그의 의복과 마찬가지로 생기 없는 시선, 지나치게 두꺼운 넥타이 매듭, 비듬이 금방 떨어질 것 같은 약간 기름진 머리를 가지고 있다. 그렇지만 광채를 잃은 눈빛 한가운데에서 특히 거짓이 빛나고, 침착하고 단호한 탐욕이 빛난다. 이야기 자체를 불신할 수 없게 할 것이다.

실제로 있었던 것으로 알려진 이야기의 여주인공 이름은 I.다. 몇 달 전부터, 거의 일 년 전부터, 그녀는 어떤 성질의 것인지 확인할 수 없는 무엇인가에 의해 짓눌리는 느낌을 받는다. 그녀가 한 발자국 나아가고 싶을 때면 어떤 손이 그녀의 다리를 붙잡는다는 느낌을 받는다. 그녀가 일어나고 싶을 때는 같은 손이 그 반대편과 결합하여 그녀를 강제로 앉히는 느낌을 받는다. 그녀는 동양 여행을 하고 돌아온 한 친구에게 그 사실을 설명한다, 친구는 그녀에게 말한다. "너는 어쩌면 저주를 받은 건지 몰라. 사진을 통해서 저주를 알아내고, 그 저주를 뿌리째 뽑아내는 사람을 내가 알고 있어. 너를 데리고 갈게…" 그녀는 승낙하고, 거짓 이름을 댄다, 그녀의 이름이 유명하기 때문이다. 우리가 앞에서 이미 묘사한 그 남자가 그녀를 맞이하며 다음과 같이 말한다. "나는 사진 한 장이 필요해요, 그렇지만 아무 사진이나 필요한 게 아니라, 새로 막 찍은 사진, 즉석 사진이나 폴라로이드 사진이 필요해요, 아시겠어요? 낯선 사람들의 손을 거치지 않은 사진이 필요한 겁니다, 정착액이 아직 잘 고정시킬 시간이 없었던 사진 말이에요, 특히 현상 중에, 용액 속에서, 다른 필름들과 섞이게 되면 빛들이 서로 침투하고 용액이 오염되니 다른 필름들과 섞이지 않았던 사진이 필요해요, 수정되지 않은 사진이요, 그런데 중요한 것은 얼굴 생김새가 아니에요. 우리는 세 번째 눈을 가지고 있어요, 우리는 뒤에 있는 것을 찾아냅니다, 그리고 당신이 어떤 운세의 희생자라면 나의 부인과 나, 우리가 그것을 알려줄 것입니다… 모베르Maubert 지하철역으로 가세요, 즉석 카메라가 있어요, 그리고 다시 나를 보러 오세요." I.는 즉석 사진을 가지고 되돌아오는데, 그 사진은 흰 바탕에 컬러로 찍은 것이며, 아직 거의 축축한 상태다, 사진에는 벌써 일종의 푸른 후광이 머리 주위에 고정되어 있는 것처럼 보인다. 남자는 즉석 카메라에서 이어져 나온 사진들 중에서 하나를 자르도록 그녀에게 가위를 건넨다. "일주일 후에 다시 오세요, 네, 일주일 후에요, 어쩔 도리가 없어요, 당신 사진보다 먼저 검토해야 할 것이 160개가 있어요." 그녀가 상점에서 다시 나오기 전에, 한 남자가 들어오고, 자신의 이름을 말한다. 그들은 거의 곧바로 그에게 그의 사진을 돌려준다. "아니요, 선생님, 선생님은 저주받지 않았어요, 검토 작업 가격은 40프랑입니다."

　　예정된 금요일, I.는 상점으로 다시 간다. 그 남자는 그녀를 곧바로 알아본다. "네, 당신은 1979년 11월부터 저주받고 있어요. 당신을 괴롭히는 작은 인디언이 있습니다. 우리가 그를 떠나게 할 것입니다." I.는 주어진 날짜와 일치하는 사실을 기억해보려고 한다, 그것은 우리의 이야기를 뒤로 돌아가게 한다.

1979년 11월에 I.의 남편의 제일 친한 친구가 마약 과다 복용으로 사망하는데, 그 남편은 그것에 대해 대단히 무거운 죄책감을 느낀다, 왜냐하면 그 친구에게 마약을 마련해준 사람이 그 남편이기 때문이다. 그의 죄책감은 I.에게로 되돌아온다. 그녀는 자기 집에, 자기 방에, 죽은 남자의 사진을 간직했었다. 그것은 그를 찍은 마지막 사진이고, 그 사진에서 그는 인디언 자세를 취하고 있다. 게다가 그는 마치 I.를 저주하기 위해서 그런 것처럼, 그리고 동시에 그가 죽은 지 1년이 지나서 그 정체를 밝힐 점성가에게 도전장을 던지기 위해서 그런 것처럼, 사진 아래쪽 자기 이름에 인디언이라는 그 단어를 덧붙여놓았던 것이다. 일 년 사이에, 벽에 걸린 사진의 인디언은 해로운 파장처럼 I.의 몸속에 끼어들 시간이 있었을 것이다. 이야기는 당혹스럽다, 그렇게 생각하지 않는가?

단순한 마음들의 회상록

어느 일요일 오후, 올림피아 극장으로 여가수 D.의 공연을 보러 가면서(비웃기 위해서도 아니고 속물근성의 반전에 의해서도 아니며, 정말로, 호기심에서), 나는 어쩌면 가벼운, 어쩌면 회복될 수 없는 상실에 대해, 애도에 대해 분명하게 인식하게 된다.

아이들은 부모들의 포동포동한 무릎 위에 앉아 있다, 아이들은 따르륵 소리를 내는 장난감을 가져갔다, 그들은 발을 구른다, 30초마다 인스타매틱 플래시가 터진다. 내 옆 사람들, 친절한 어린 커플은 그들이 매일 저녁 거기에 온다고 나에게 설명해준다, 그리고 그들은 노래가 끝날 때마다 여가수의 이름을 외치면서 숨이 가쁘다고 한다, 그들은 사가지고 온 셀로판지로 싸인 세 송이 장미를 여가수에게 던지고 싶어 하지만,

공연의 피날레를 기다려야만 하는데, 그건 정말 고문이라는 것이다.

　이 사람들은 어떤 이미지를, 빛 속의 어떤 형태를, 어떤 이름을, 어떤 목소리를 열렬히 사랑하기 위해서 온 것이고, 무엇보다 그들 자신의 열렬한 사랑을 위해서 온 것이다. 노랫말은 중요하지 않다, 대개는 운율이 맞지 않고 어처구니없는 것들이다. 음악은 중요하지 않다, 대개는 세련되지 못하고 억지로 꾸민 것이다. 서투르게 박자를 붙인 스텝이나 몸짓도 중요하지 않다. 여가수는 심한 사시斜視 상태에 빠지듯이 적응에 어려움을 겪는다, 그리고 그녀는 기억력의 오류를 감추려고 관중을 노래 부르게 한다. 빤히 보이는 기교들, 그 모든 것들은 중요하지 않다.

　대조적으로, 나는 내 삶에서 무엇인가가 죽었다는 것을 알아차리는데, 그것은 사랑도, 경탄도 아니다, 그것은 유년기와 공연과 관계가 있는 것이며 이렇게 열광할 수 있는 소박한 능력이다. 나는 텔레비전 없이, 라디오도 없이, 잡지들도 보지 않고 산다. 나에게는 더이상 우상이 없다. 더이상 나는 그 어떤 것에 대해서도, 그 누구에 대해서도 열렬한 팬이 아니다. 그 정도로 열광하며 간직할 정도로 좋아하는 사진이 나에게는 더이상 없다, 나는 다만 지성으로 간주되기를 바랄 수 있는 활기 없는 명석함에 사로잡혀 있다.

　이런 쾌활함 앞에서 또는 꾸며낸 것 같은 이런 감격 앞에서, 나는 소란스러움 때문에 신경질을 내는 노인의 완고함을 보였다. 다른 사람들을 황홀하게 한 것이 나를 괴롭히는 것이었다. 열정적인 커다란 동요 한가운데서 나는 저항하는, 차갑고 무기력한 육체였다. 그러므로 나는 이런 열정이 어리석거나 광신적이라고 말할 권리가 없었다. 그것은 열정이었던 것이다.

공연이 끝날 무렵에, 여가수의 옷은 붉은색이었는데, 투우의 붉은색이었고 관을 덮는 쿠션의 색깔 같은 커튼의 붉은색이었다. 내가 보기에 이런 축하 행사는 이중의 사형이 되었다. 즉 앙코르 요청에 응하며 점점 더 숨을 헐떡이는 여가수의 죽음, 그리고 내가 그렇게 결정한 바도 없이 희생 제물로 바쳤던 나의 과거 우상들의 죽음이 되었던 것이다.

무대 뒤에서 나오면서, 빽빽이 모인 열렬한 팬들의 무리를 헤치면서, 나는 질투가 나거나 부러운 마음이 들지 않았고, 다만 조금 슬펐다, 고독하고 중심에서 벗어나 있는, 시대의 흐름에 역행하여, 홀로 떨어져 있는 육체라는 것에 슬펐다.

냉혹하고 생기 없는 빛남

T.는 어렸을 때, 자기가 좋아하던 얼굴과 신체 사진들을 뒤집어놓아야 했었고, 그것들을 숨겨야 했었다고 나에게 말한다, 그는 그것들이 자신에게 어떤 도움도 될 수 없었던 냉혹하고 생기 없는 빛남이라는 느낌을 받으면서, 도저히 그것들을 참아내기 힘들었기 때문이었던 것 같다고 한다.

사랑의 이미지로 귀환

- 무엇 때문에 당신은 내 사진을 그렇게 많이 찍은 거야?

- 내가 당신 사진을 많이 찍었다고 생각하지 않는데. 분명히 내가 찍고 싶었던 것보다 덜 찍었어. 게다가 내가 왜 당신 사진을 찍는 것인지 나도 잘 모르겠어… 아마도 내가 당신을 애무할 수 없기 때문이겠지, 그런데 내가 당신을 애무해도 되는지 당신에게 물어보지도 않았지만…

- 그런 생각 자체가 나를 두렵게 해…

- 잘 알겠지만, 당신에게 당신 사진을 찍어도 되는지 물어보는 것이 당신을 애무해도 되는지 물어보는 것보다 훨씬 쉬운 일이야… 나는 당신이 없을 경우를 대비해서, 마치 내가 당신을 비축해놓는 것처럼 당신 사진을 찍는 거야. 그 사진들은 담보나 또는 보증금처럼 내가 원하는 바대로 할 수 있는 거

야. 내가 언젠가 이 사진들을 현상할지 아닐지 그것조차도 나는 모르겠어, 그런데 사랑이라는 사실 때문에, 어느 날 당신의 부재가 나에게 견디기 힘들게 느껴진다면, 그럼 뭐, 나는 이 작은 필름 롤을 동원해 도움을 받을 수 있을 거야, 당신을 애무하기 위해서 당신의 이미지를 현상할 수 있겠지, 당신에게 두려움을 주지 않으면서 애무할 수 있고, 아니면 당신을 저주할 수도 있을 거야… 사람들은 말하지, 다루기 힘든 누군가를 자신과 사랑에 빠지도록 하려면 그 사람 모르게, 속에 정향을 박은 푸른 사과를 그의 침대 밑에 놔서 썩게 내버려두면 충분하다고 말이야, 사진은 그것과 유사한 막후공작인 거야, 내가 당신에게 퍼부을 수도 있는 저주 같은 것이지. 당신 사진을 찍으면서, 내가 원하면, 나는 당신을 나와 결합시키는 거야, 당신을 내 삶에 들어오게 하는 것이지, 내가 당신을 약간 동화시키는 건데, 당신은 어떻게 해볼 도리가 없는 거야…

암 환자 같은 이미지

　오랫동안, 나는 집에 오직 하나의 사진만을 보관했다. 내가 한 번도 본 적이 없는 어느 소년의 사진으로, 어느 곳인지 모르는 장소에서 누구인지 모르는 사진가가 찍은 것이다. 나는 그 사진을 내 서가 위에, 계속 그 사진을 보지 않을 수 없는 자리에 올려놓았다. 광택지에 크게 인화된 그 사진은 먼지가 금방 타는 흰 마분지 조각에 붙어 있었다. 그리고 그 소년은 위로 불쑥 나와 있어서, 마치 그가 모든 것들의 군주인 것처럼, 연인인 것처럼, 또는 죽은 형제인 것처럼, 그 방 안의 모든 것 위에 군림했다. 그는 열여섯 살에서 열여덟 살 사이였을 것이다, 그는 흰 셔츠 위에 검은 가죽점퍼를 입고 앞을 여미지 않았다, 그는 얼룩과 부산물이 가득한 지저분하고 훼손된 벽에 기대 있다. 그러나 무엇보다도 생각에 잠긴 듯한 아주 이상

214

한 그의 얼굴이 있었고 두꺼운 입술과 두툼한 콧구멍, 지푸라기처럼 눈을 찌르는 아주 무성한 금발이 있었다, 그는 점퍼 밑에 손을 감추고 있었는데 마치 손을 겨드랑이 밑에 넣고 따뜻하게 하려는 것 같았다, 나는 그가 금속으로 징을 박은 가죽팔찌도 차고 있었다는 것을 나중에 알아챘는데, 처음에는 그것을 가죽점퍼의 연장된 부분으로 생각했었던 것이다. 사진은 그의 허리 부분에서 잘렸다. 그는 멀거니 바라보고 있었고, 그의 시선은 아주 멀리, 어디도 아닌 곳으로 향하고 있었다.

그는 늙지 않았다. 어쩌면 그가 죽었을지 모른다, 나는 아주 망가진 그의 모습을 상상할 수 있었다, 그렇지만, 사진은 저항하고 있었다. 어느 날 나는 산酸을 집어 들었다, 그리고 사진을 바라보았다. 그것은 내 눈앞에서 분명하게 드러나지 않는, 흐려지지 않는 유일한 사물이었던 것이다. 사진은 변질되지 않는 것 같았다(산酸이 나에게 더 많이 볼 수 있게 해준 것은 아무것도 없었다, 즉 이미지는 나에게 이미, 완전히, 드러나 있었던 것이었다).

물론 나의 집에 왔던 사람들이 나에게 그 소년에 대해 물어보았다, 그런데 나는 애매한 태도를 보였다, 나는 그를 모른다고도 말하지 않았고, 그를 안다고도 말하지 않았던 것이다, 그리고 그것은 소년에게 직관적인 중요성을 부여했다, 다시 말해서 사람들은 그에 대해 아무것도 몰랐으며, 내가 소년과 어떤 관계를 맺고 있는지도 몰랐으므로, 쉽게 상상할 수 있

었던 것이다, 내가 그 이미지와 사랑에 빠졌다고, 내가 그에게
은밀한 숭배 의식을 원한다고, 또 내가 그의 입술에 내 입술을
포개지만, 그 입술은 차갑고 반들반들하며 나의 입술보다 훨
씬 작다고, 두세 배는 훨씬 더 작다고…

　　나는 그 이미지를 훔쳤다, 다시 말하자면 누가 그것을 나
에게 준 것이 아니었다, 나는 어느 아파트에서 그것을 보았다,
나는 그것을 훔쳤다, 나는 그것을 내 겨드랑이 사이에 꽉 끼우
고 외투 밑에 숨겼던 것이다. 같은 소년을 찍은 다른 사진도 있
었는데, 같은 사진가가 같은 장소에서, 분명히 같은 날에 찍은
것이겠지만, 소년이 서 있는 '전신' 사진으로 세로로 된 것이었
다. 나는 가로로 된 사진을, 신체도 성별도 보여주지 않는 사진
을, 양성兩性적인 소년의 사진을 선택했던 것이다. 얼마 후에 나
는 두 번째 사진을 다시 손에 넣으려고 시도했지만 헛수고였
다, 내가 그 사진을 훔쳤던 집에 살던 사람이 이사를 갔고, 흔
적도 남기지 않은 채 사라져버렸던 것이다. 사진은 작가 서명
이 되어 있지 않았고, 사진 뒷면에 작게 붉은 십자 표시 외에
는 그 어떤 표시도 없었다.

　　사진은 소년이 되었고, 사진의 뒷면은 소년의 등이 되었
다. 누군가 소년의 견갑골에 그 작은 십자 표시 문신을 넣었
던 것이고, 어쩌면 소년을 고문했을지도 모르는 것이었다. 나
는 그 이미지와 함께 7년을 살았고, 그것은 자리를 옮기지 않
았으며, 그 어떤 사진도 그것을 대신하지 않았다, 게다가 그것

은 방에 자리를 차지하려고 했던 다른 모든 사진들을 쫓아내
버렸다. 그것만이 방에 있을 수 있는 유일한 사진이었던 것이
다. 그런데 조금씩 사진의 종이가 먼지로 뒤덮이면서 그 사진
에 대한 나의 애정은 점점 더 모호해졌다. 나는 그것을 진정으
로 살펴보지 않고 그저 바라볼 뿐이었던 것이다.

마침내 나는 이미지가 점차 손상되는 과정을 겪기 시작
했다는 것을 알아차렸다. 사진은 마분지 위에 붙어 있었는데,
접착제가 뒷면부터 사진을 갉아 먹기 시작했던 것이다. 소년
의 얼굴에는 작은 얼룩과 긁힌 자국들이 산재했고, 탈색과 색
소 침착이 일어나고 있었다. 그는 매독병자 같았다. 이미지는
암 환자 같았다. 병든 나의 친구.

그렇지만 나는 그를 구하고 싶지 않았다. 나는 표면에 드
러난 그의 상처들을 감추기 위해서 그의 얼굴을 수정하도록
맡길 수 있었고, 그의 사진을 다시 찍어달라고 할 수 있었을
것이다, 그렇지만 나는 그것이 망가져 소멸되도록 그냥 내버
려두기로 했다. 이미지는 유일한 것이었다. 그것은 그 모든 시
간 동안, 모든 것에, 먼지에, 나의 중독된 시선에, 나의 입맞춤
에 저항했었는데, 나는 그것이 손상되는 걸 보며 단번에 만족
감 같은 것을 느꼈다. 나는 병의 추이를 지켜보기 위해서, 화
농의 정도와 피부의 절개 정도를 확인하기 위해서, 가끔 그를
방문하러 갔다. 그는 매독에 걸려 쇠약해진 가련한 매춘부 같
았다. 그는 투덜대지 않았다. 오직 그의 시선만이 흠 없이 남

217

아 있었다(그저 단순히, 우발적으로, 접착제가 아마 그 위치에는 발라지지 않았던 것 같다), 그렇지만 그의 이마는 갈기갈기 찢어져 너덜거리고 있거나 아니면 비늘처럼 얇은 조각으로 뒤덮여 있었다, 그의 입은 뒤틀리고, 줄어들었으며, 구멍들과 구근 모양의 것들로 상처가 나 있었다, 그의 콧구멍에 난 찢어진 상처는 그 주위를 감싸고 있는 피부를 천천히 갉아 먹었다. 그는 절대로 신음하지 않았다, 그는 손을 내밀지 않았다, 그는 침착하게 자신의 점퍼 아래에 손을 넣고 있었다.

어쩌면 그를 매장해야만 하는 것인지도 모르겠다, 그렇지만 이미지를 어떻게 매장한다는 말인가? 절대로 그가 완전히 죽은 것은 아닐 것이다, 게다가 그는 여전히 늙지 않았다, 그는 젊은 시절의 외모를 그대로 간직하고 있었다, 그는 다만 망가진 것이다, 그러나 이런 점진적인 손상은 내 뜻대로 되지 않고 지나치게 느린 것이 되었다. 나는 배 모양의 작은 기기, 소량의 액체 측정 도구나 액체 주입기를 이용하여, 핀셋으로 가볍게 사진을 떼어내면서 사진 밑에 추가적으로 산성 용액을, 접착제보다 좀더 순수한, 좀더 노골적인 황산염을 주입할 생각을 했다. 아니면 그것을 불태워버리거나, 불에 갖다 대고 사진을 뒤틀리게 하거나, 연화 용액 속에 사진을 던져버리려는 생각을 해봤다. 그런데 그의 얼굴 표정이 바뀌었다. 그의 눈이 약간 기울어진 것인데, 가벼운 화학적 사고로 인해, 한 번도 나를 바라본 적이 없던 그가 나를 쳐다보기 시작했고,

나를 바라보기 시작했던 것이다. 나는 만들어진 이 시선을 감당할 수 없었고, 동시에 여전히 더욱 애원하는 것 같은 그의 입도 견딜 수 없었다. 그를 분장시키는 것은 그를 우스꽝스럽게 만들 것이었다. 나는 그를 후벼 팔 생각을 했고, 뾰족한 것과 바늘로 그에게 구멍을 낼 생각을 했으며, 그를 악착같이 공격하거나 붕대로 싸맬 생각을 했다. 나는 이미지를 보자기로 덮어씌웠다, 그렇지만 이미지가 나를 사로잡았다, 나에게는 보자기 하나로 충분하지 않았던 것이다.

　　나는 얼마 동안 침대 속에, 내 몸을 받아들이는 침대 시트 밑에 이미지를 넣어두었다, 나는 그를 짓눌렀다, 그리고 그가 신음하는 소리를 들었다. 그는 나의 꿈속에서 살았다. 나는 그를 내 베개 속에 넣고 꿰매버렸다. 그러고 나서 한동안, 나는 직접 그를 수중에 지니기로, 그를 테이프와 고무줄에 매달아 고정시켜서 맨살 위에 그대로, 내 가슴 위에 그대로 지니기로 결심했다. 그는 나를 뻣뻣하게 만들었다, 나에게 그는 셔츠 밑에 있는 코르셋처럼 작용했던 것이다. 나는 그를 더이상 볼 수 없었다, 그는 내 배를 포옹했다, 나는 그가 잠든 어린아이처럼 나에게 매달린다고 상상했다, 그리고 내 피부에 닿는 종이는 더이상 차갑지 않았다, 그는 부드러워졌다, 내가 그를 나의 땀과 때로 흠뻑 적셨던 것이다. 그는 나에게 집착하는 죽은 둘째 아우 같았다, 그는 이중 괴물* 같은 나의 다른 형제였다.

내가 마침내 그것을 떼어내기로 결심했을 때, 이런 집착이 우스꽝스럽게 보이는 것이라고 판단했을 때, 내가 드디어 테이프와 고무줄을 떼어냈을 때, 나는 부드러워진 마분지가 비어 있다는 것을 알아차렸다, 이미지가 하얗게 되었던 것이다, 그러나 그것이 완전히 사라지지는 않았다, 그것은 내 몸에서 흘러나오는 여러 액체의 산성 속에서 용해되지 않은 것이다. 거울을 보며 나는 그것이 문신처럼, 아니면 데칼코마니처럼 내 피부에 들러붙지는 않았는지 살펴보았다. 종이의 화학적 색소 각각이 내 피부의 세포들 중 하나에 자리를 차지하고 있었다. 그리고 똑같은 이미지가 정확하게, 반대 방향으로, 재구성되어 있었다. 전사轉寫가 그를 그의 병에서 해방시켰던 것이다…

★ 기형학에서 아주 불완전한 종속적인 주체가 본래 주체의 육체 표면에 이식되어 있는 괴물 같은 형상을 지칭한다.

비밀들

- 당신에게 이 이야기를 하느라 나는 완전히 탈진한 것 같아. 이 이야기는 나의 비밀이야, 알겠어?

- 그래서 뭐?

- 당신에게 "제발 부탁이야, 이 이야기를 누구에게도 퍼뜨리지 마"라고 말하고 싶지 않아…

- 알았어. 하지만 이제 당신의 비밀이 또한 나의 비밀이 되었어. 그것은 내 일부가 된 것이야. 그러니 나는 나의 모든 비밀들을 가지고 처신하듯이 그 비밀과도 그렇게 처신할 거야. 때가 되면 나는 그것을 내 마음대로 처분하겠어. 그러면 그것은 다른 사람의 비밀이 되겠지.

- 당신 말이 옳아. 비밀들이란 떠돌아야 하는 거야…

해설

―――

김현호

　자신의 생일 바로 전날이던 1991년 12월 13일, 에르베 기베르는 강심제인 디기탈린을 과량 복용해서 음독을 했다. 병원으로 옮겨져 치료를 받았지만 보름 만에 합병증으로 세상을 떠났다. 고작 서른여섯 살이었다.

　그는 에이즈 투병 중이었다. 지금은 만성질환 정도에 지나지 않지만, 당시의 에이즈는 감염인을 족족 죽여버리는 공포의 불치병으로 여겨졌다. 아름답고 푸른 눈은 에이즈 합병증으로 거의 멀어버린 상태였다. 에르베 기베르는 그런 두렵고 눅진한 어둠의 한가운데에서 서른여섯 살이 되고 싶지도, 에이즈가 자신을 죽이도록 놔두고 싶지도 않았던 듯하다.

　생전의 그는 부드러운 금발과 깨끗한 피부의 잘생긴 청년이었다. 소설가 에드먼드 화이트는 평생 보았던 이들 중에서 에르베 기베르가 가장 매력적이었다고, 마치 천사와 같은 미

남자였다고 쓴 적이 있다. 당시 기베르의 책에 대한 신문 서평에는 대부분 그의 아름다운 외모가 언급되곤 했다. 사람들이 회상하는 그는 다정하고, 친절하고, 말수가 적었고, 수줍음을 많이 탔으며, 침울한 사람이었다. 그리고 놀랄 정도로 뻔뻔스러웠다. 에르베 기베르는 롤랑 바르트가 죽기 몇 해 전 그에게 보낸 사적인 편지를 출간했으며, 자신의 친구와 동성 애인을 거침없이 글에 등장시켰다. 그의 자전적 에세이인 《나의 부모 Mes Parents》에 대해 한 비평가는 분노의 고함을 내질렀다. "이 무슨 후안무치함인가! 무슨 노출증인가! 무슨 과시욕인가!" 그는 내밀한 사생활이나 가족사를 글의 소재로 사용하는 일에 전혀 망설임이 없었다.

에르베 기베르의 복잡한 성격만큼이나 그의 예술적 재능과 집념은 다양한 형태로 터져나오곤 했다. 열일곱 살 때부터 사진을 찍었고, 열여덟 살에 처음으로 신문과 잡지에 글을 기고했다. 스무 살이 되기 전에 이미 배우와 영화 제작자이기도 했다. 스물두 살에는 자신의 첫 소설을 출간했고, 아비뇽 연극제에서 희곡을 발표했으며, 〈르몽드〉지에 기고하는 최초의 사진비평가가 되었다. 스물여덟 살에는 영화감독 파트리스 셰로와 함께 쓴 〈상처받은 남자〉의 시나리오로 세자르 상을 수상했다. 짧은 생애 동안 에르베 기베르가 남긴 스물다섯 권의 책은 소설과 자전적 에세이, 비평, 사진과 시나리오 등의 경계를 독특한 방식으로 가로지른다. 문장은 아름답고 사유는 위태

롭다. 어느 것 하나 바스라질 듯이 예민하고 날카롭지 않은 것이 없다.

특히 에르베 기베르의 사진에 대한 이해는 드물게 깊고 독특한 경지에 이르렀다. 이는 사진의 역사와 이론에 대한 지식보다는 사진을 직접 찍고 찍히며 몸에 새겨진 경험에서 나온 것처럼 보인다. 실제로 그는 유명 매체들과 함께 일하는 프로페셔널 사진가이기도 했다. 에르베 기베르는 오드리 헵번이나 이자벨 아자니와 같은 배우들로부터 오손 웰스나 페터 한트케, 그리고 미셸 푸코 등 당대 최고의 지성들을 찍은 사진들을 남겼다. 그러나 그의 사진적 재능을 가장 잘 보여주는 것은 셀프 포트레이트와 자신의 공간을 찍은 스냅 사진들이다. 기베르는 자기 자신에게 카메라를 들이댔을 때 가장 독특하고 잊기 어려운 이미지를 만들어낸다.

이것은 단순히 그가 젊고 매혹적인 피사체였기 때문만은 아닐 것이다. 에르베 기베르가 가장 발작적으로 집착했던 것은 자기 자신을 이해하는 일이었다. 소설가 알랭 로브그리예는 에르베 기베르가 '항상 자아에 대한' 글을 쓴다고 했다. 사실 기베르는 체급을 넘나들며 타이틀 벨트를 수집하듯 다른 장르에 도전하는 '전방위 예술가'와는 거리가 있었다. 즉 빛나는 재능을 바탕으로 한 예술 장르에 성공적으로 안착하고, 다른 장르에도 자신의 이름을 새겨넣는 반복적인 도전을 즐기는 타입은 아니었다.

장르는 생태계이자, 흐름이자, 지형이다. 탁월한 작가가 되다는 것은 자신의 글쓰기를 특정한 분류 체계에 위치시키고, 역사적 의미를 부여하며, 그 지형을 변화시키는 일이기도 하다. 우리는 여러 예술 영역에 지워지지 않을 흔적을 남긴 몇몇 거인들의 이름을 쉽게 떠올릴 수 있다. 하지만 에르베 기베르는 그런 이가 되는 일에 그리 관심이 없어 보인다. 단지 그는 자신을 내려다보기 가장 좋은 자리를 찾듯이 장르와 장르 사이의 위태로운 담장을 밟고 올라가 선다.

그가 가장 즐겨 올라가는 장소는 소설과 자서전적 에세이가 뒤엉켜 있는 곳이다. 이것을 문학비평에서는 '오토픽션 autofiction'이라 부른다. 우리는 이 괴상하게 접붙여진 단어에서 이런 방식의 글쓰기가 어떤 근본적인 모순을 지닌다는 것을 어렵지 않게 짐작할 수 있다. 소설은 허구를 직조한 구조물이다. 세상에 없는 것들의 서사다. 설령 소설이 실제 세계에서 그 배경이나 인물을 취하더라도, 소설에 들어오는 과정에서 그들은 피와 살을 잃고 고작 몇 묶음의 텍스트로 변해버리고 만다.

그러므로 흔히 생각하는 것과는 달리 어떤 소설이 구체적인 사실에 그 뿌리를 두고 있다는 것은 그것의 강점이 아니라 치명적인 약점일 수 있다. 소설의 성립을 위해 필요한 것은 허구에 대한 강고한 믿음과, 그것을 다루는 생산자의 역량이다. 그러나 소설이 단지 실제 세계를 누설하는 어떤 증언록에 불과한 것처럼 읽힐 때, 등장인물의 행동과 생각의 진위 여부까지 함께 감당해야만 할 때, 실제 세계를 연료로 하지 않고는 작동하지 못하는 것처럼 보일 때, 소설이 만들어내는 허구의 세계는 큰 타격을 입는다.

반면 자서전적 에세이의 미덕은 한 개인이 겪고 바라본 실제 세계의 일들을 최대한 정확히 묘사하는 데 있을 것이다. 즉 한 인간이 자신이 본 것을 고스란히 털어놓고, 자신의 판단이 지닌 한계를 고스란히 인정하는 일이다. 그런 글쓰기를 통해 우리는 다른 세계를 살아간 같은 종의 훌륭한 표본을 얻게 되며, 당시의 사회적, 역사적 맥락을 관찰할 수 있는 하나의 렌즈를 들여다보게 된다.

따라서 소설과 자서전적 에세이는 같은 혈관 안의 항체처럼 서로를 공격한다. 이것은 문학적인 위험 뿐 아니라 어떤 선정주의의 위험 역시 지니고 있다. 자신의 욕망이 풍기는 악취를 정확히 묘사하는 글쓰기는 주변의 인물들에게도 몸을 숨길 곳을 제공하지 않는다. 즉 '나 자신의 인류학자가 될 것'을 결연하게 선언한 아니 에르노가 《탐닉》에서 열세 살 연하 남자의 성기 위에서 잃어버린 콘택트렌즈를 찾는 자신의 모습을 솔직하게 써내려갈 때, 짓궂은 독자들은 렌즈보다는 그 성기의 주인이 누구인지를 찾아내고 싶어 한다. 에르베 기베르가 에이즈로 죽어가는 자신의 모습을 기록한 《내 인생을 구하지 못한 친구에게》에서 지식인이자 동성애자인 등장인물 무질, 즉 미셸 푸코의 이중생활은 호사꾼들의 눈과 혀를 피하지 못한다.

그런 위험에도 불구하고 '오토픽션'을 쓰는 이들은 자신을 응시하고, 그것에 대해 쓰는 일을 멈출 수 없다. 그들에게 자기 자신은 어떤 미궁에 갇혀 있는 괴물 같은 존재다. 그 괴물은 노이로제에 걸려 있지만 한편으로는 서정적이다. 작가는 그 괴물이 풍기는 냄새를 맡고, 그것이 뱃속에서 날뛰는 진동을 느낀다. 어쩌면 미궁을 따라 끊임없이 내려가면 그를 만날 수 있을지도 모른다. 인간은 자신의 배설물조차 확인해야만 직성이 풀리는 동물이다. 그러므로 자신의 가슴에 난(혹은 그렇다고 상상되는) 어떤 검은 균열에 매혹되어 눈을 떼지 못하는 것은 꽤 자연스러운 일일지도 모른다. 하지만 과연 자기 자신이라는 것은 대면할 가치가 있는가? 미셸 우엘벡은 '언뜻 보기에 알아차릴 수 없는 중간 크기의 여러 포유류들에게 고유한 본질을 부여하려는 의도는 끔찍한 것'이라고 썼다.

과연 우리의 눈 속에는 호시탐탐 튀어나오기를 바라는 괴물이 살고 있는가. 미궁에 내려가서 만날 수 있는 것은 그저 똥오줌으로 범벅된 미친 늙은이에 지나지 않을 수도 있다. 아니, 어쩌면 그저 짖어대는 개 한 마리에 지나지 않을지도 모른다. 그저 엉키고 굽이쳐 이상한 소리를 내는 텅 빈 구멍일 수도 있다. 미궁은커녕 작은 구덩이나 움막에 불과할지도 모른다. 어쩌면 쓰다 남긴 비누처럼 우리는, 겉과 속 모두 물컹물컹

하고 미끌미끌한 덩어리에 불과할지도 모른다.

그리고 자신에 대한 글쓰기의 과정이 반드시 어떤 대단한 문학적 여정이라고 볼 근거도 없다. 위대한 보르헤스가 "나는 호르헤 루이스 보르헤스가 지겹거든요"라고 한숨을 내쉴 때, 그것은 어떤 자부심의 표현으로 읽힌다. 보르헤스가 만들어낸 문학의 구조물은 부에노스아이레스의 늙은 장님이 죽더라도 정결하고 굳건하게 지속될 것이다. 그렇다면 작가와 작업의 관계는 무엇인가. 작가는 문학을 창조하는 주체인가, 그렇지 않으면 문학의 대상인가, 혹은 자신의 몸을 내주어 문학을 먹여살리는 숙주나 그것의 목소리를 받아쓰는 필경사에 불과한가. 작가의 죽음은 무엇의 죽음을 의미하는가.

'오토픽션'을 쓰는 이들 역시 이런 질문을 대면한 자신의 무망함을 모르지 않는다. 하지만 그들에게 대문자로 시작하는 단어들, '역사'나 '문학' 같은 것을 들이미는 것은 폭력적인 일일 것이다. 그들은 대개 거창한 무언가를 찾아내기보다는 단지 자신의 체액이 풍기는 냄새를 다른 이들에게도 맡게 하려 하는 것일지도 모른다. 따라서 그들의 작업물은 단지 나르시시즘의 한 형태일 수도 있다. 그렇다면 자기 자신이 늙고 졸렬해져서 탐구할 가치가 없어질 때, 그들의 글쓰기는 생명력을 유지할 수 있을까? 이런 식으로 작업하는 이들 중에서 오래 사는 사람은 드물다. 마르그리트 뒤라스나 아니 에르노 정도일까. 그러나 여든 살이 넘은 뒤라스가 《이게 다예요》에서 절망적인 울음을 토해낼 때, 우리는 그가 여전히 어떤 미궁을 헤매고 있다는 것을 알 수 있다.

그렇다면 이런 글쓰기는 어떤 방식으로 문학적인 성취에 도달하는가. 범박하게 말하자면, 위험을 감당할 때다. 자신의 내밀한 부끄러움을 과감하게 털어놓는 일을 가리키는 것이 아니다. 그런 것은 단지 선정주의에 불과하다. 허구를 믿지 못해 현실의 자극적인 소재 뒤에 숨는 것이다. 용기는 소재가 아니라 모든 문장에 깃들어야 한다. 철학자이자 출판 편집자인 프랑수아 발은 롤랑 바르트의 《소소한 사건들》에 대해 이렇게 썼다.

'아름다운' 문장들이 아니라 '올바른' 문장들로 이뤄진 작업장—을 만들기, 열정과 많이 닮은 열성을 부려…끊임없이 언술의 올바름을 벼리고 다듬는 것,(중략) 롤랑 바르트는 어떤 언술 행위에 내포된 위험 앞에서, 자기가 보아 글쓰기가 그 위험에 토대를 두고 있다고 보이는 순간, 또 언술 행위가 글쓰기에 토대를 두고 있다고 보이는 순간 그 위험 때문에 뒷걸음질 치는 부류의 사람이 아니었다. 이런 점에서 여기 이 글들은 윤리적으로도 모범이 될 만하다.

《소소한 사건들》, 즉 정액을 '똥'이라고 부르는 무식한 모로코 사내와 잠자리를 하고, 돈을 주고 소년들을 사는 늙은 바르트의 이야기는 왜 글쓰기의 '윤리적 모범'이 되는가. 그가 과거를 깃털처럼 주위 자신의 몸을 치장하려하지 않기 때문이다. 사실 글이란 타락한 도구다. 아무리 냉정하게 재구성하려 해도 글로 쓰는 순간 과거는 미화되거나 자신이 견딜 만한 것으로 바뀌고 만다. 하지만 바르트는 그저 투명하고 날카롭게 '지금'을 기록한 글을 남길 뿐이다. 늙고 지친 바르트는 어떤 자기연민도 없는 하이쿠 같은 문장 몇 조각을 가지고, 아름다운 기억의 건축물을 신기루처럼 지어내는 프루스트의 중후장대한 세계와 맞선다.

에르베 기베르는 자신의 내장 속까지 헤집어 보여주는 듯한 글을 썼다. 이것은 단순히 수사적인 표현만은 아니다. 훗날 그는 에이즈에 걸려 죽어가는 자신의 육체를 사진과 영상, 글로 세밀하게 기록했고, 그것을 기꺼이 다른 이들에게 구경거리로 내주었다. 아마도 기베르는 자신의 매끄러운 피부 안쪽에 존재하고 있는 것들을 보고, 또 보여주고 싶어서 정말로 견디기 어려웠던 듯하다. 그의 소설 《죽음 선전La Mort Propagande》에서 주인공은 해부된 자신의 몸을 대면할 이들의 불쾌감과 충격, 그리고 강렬한 쾌락을 상상하는 일을 멈추지 못한다.《유령 이미지》의 에르베 기베르는 자신의 X선 사진을 걸어두고 '노출광의 기쁨'을 느낀다(87쪽).

자신의 살갗 안에 있는 것들까지 들여다보고 싶다는 강렬한 시각적 욕망, 그리고 자신의 뱃속에 있는 것들을 다른 이들에게도 보이고 싶다는 묘한 감각을 지닌 에르베 기베르가 사진에 매혹되는 것은 자연스러운 일일지도 모른다. 사진은 대상을 이미지의 형태로 기록하고 소유하게 하는 강력한 도구다. 인간은 사진을 대단히 좋아하고 즐기지만, 아직 그것을 온전히 이해하지는 못했다. 사진은 마치 공중제비를 넘듯 모습을 바꾼다. 사진은 한편으로 권력이 우리의 육체를 통제하는 수단이며, 한편으로는 눅눅하고 뜨거운 성욕의 대상이다. 한편으로는 과학과 의학의 중요한 도구이기도 하고, 한편으로는 죽음과 상실을 떠올리게 하는 애틋한 존재다.

에르베 기베르의 《유령 이미지》가 출판된 1981년 전후의 시기는, 사진에 대한 인간의 사유가 중요한 변곡점을 이루던 때였다. 수전 손택의 《사진에 관하여》(1977)와 존 버거의 《본다는 것의 의미》(1980), 빅터 버긴의 《사진을 생각하기》(1982)가 연이어 출간되었고, 무엇보다도 사진의 본질을 향해 가장 깊고 집요하게 파내려간 책인 롤랑 바르트의 《밝은 방》(1980)이 등장했다. 스물다섯 살의 비평가 에르베 기베르는 이 책에 대해 "롤랑 바르트와 사진: 주체의 진실함"이라는 에세이를 써서 〈르몽드〉에 기고했다. 기베르의 글은 바르트에 대한 중요한 아티클을 모은 몇몇 독본에 수록되었고, 지금도 연구자들이 참고하는 텍스트이기도 하다.

《유령 이미지》는 분명 《밝은 방》에 화답하는 책이다. 사진에 대한 예순세 편의 짧은 에세이를 모은 이 책에서 젊은 에르베 기베르는《밝은 방》을 쓰고 얼마 후 세상을 떠난 롤랑 바르트에게 정면으로 싸움을 걸어온다. 어머니의 사진, 포르노 사진, 가족사진 등 바르트가 선택한 소재에 대해 다시 쓰면서, 바르트보다도 한 발 더 나아가려 노력한다. 예를 들어 어린 시절의 어머니를 찍은 사진을 들여다보며 찌르는 듯한 통증을 느끼고 그것을 이해하려 하는 바르트와는 달리, 기베르는 사진이 주는 기쁨과 슬픔마저도 믿지 않는다. 사진은 그것에 포함되지 않은 기억들을 희미하게 만드는 망각의 능력을 지니며(29쪽) 보는 이들을 쉽게 속이는 음모를 꾸민다. 따라서 그가 관심을 갖는 것은 찍히지 않은 사진들, 즉 '유령 이미지'다(21쪽). 어떤 이유로든 찍히지 못했기에, 이 '사진'들을 설명할 방법은 오직 글쓰기뿐이다. 에르베 기베르는 사진이 한 장도 포함되지 않은 이 책에서, 끊임없이 사진에 대해 쓰고 또 쓴다. 사진의 욕망, 부조리, 슬픔, 거짓말에 대해서.

투명하고 날카로운 지성과 신경증적인 예민함을 지닌 이가 직접 카메라와 사진을 몸으로 감각했을 때, 그리고 사진의 매끄러운 표면에 정면으로 부딪쳐갈 때,《유령 이미지》는 사진에 대한 깊고 독특한 이해에 도달한다. 하지만 이러한 급진성에도 불구하고, 이 책이 사진 이론서로 기능하지는 못할 것이다. 에르베 기베르는 사진이 지닌 어떤 본질적 성격을 이론적으로 규명하는 데는 그리 관심이 없다. 그는 오히려 '이미지가 욕망의 본질'이라고 썼다(113쪽). 그리고 이미지의 성적 특성을 없앤다면 이미지가 이론으로 축소되고 말 것이라고 주장한다. 이 문장은 흥미롭다. 만약 사진 이론가였다면 '사진 이미지의 본질은 욕망'이라고 썼을 것이다. 그에게 있어 이미지는 이론보다 넓고 중요하다. 그가 이해하기 원하는 것은 '이미지'가 아니라 '욕망', 즉 사진과 자기 자신이 맺는 관계다.

그러므로 이 책은 사진 이미지를 이해하게 해주는 이론서가 아니다. 오히려 사진을 통해 보는 욕망의 해부학 실습 같은 것이다(197쪽). 인간은 같은 종, 다른 개체의 갈라진 뱃속에 무엇이 들어있는지에 대해 언제나 관심이 있다. 사람들에게 인체 해부를 보여주는 르네상스 시대의 '해부 극장anatomical theater'은 대단한 인기를 끌었다. 눈앞에서 해부되는 근육과 혈관이, 뼈와 장기가 자신의 몸 안에도 있을 것이므로.

이 책을 읽는 우리는 하나의 '찍히지 않은' 이미지를 상상할 수 있다. 우리는 어떤 해부학 원형 계단 강의실에 있다. 날은 맑고 공기는 차갑다. 창문 사이로 동남풍이 날카로운 휘파람 소리를 내며 불어온다. 젊은 에르베 기베르가 슬픔에 잠긴 채 한가운데 누워 있다. 이제 곧 해부가 시작될 것이다. 우리는 몰려들어 호기심에 가득한 눈으로 그를 바라본다. 푸른 눈과 곱슬머리를 한 청년의 눈빛은 다정하고 차분하다. 우리와 그 사이에 물결치는 절망만이 맑게 빛난다.

유령 이미지

1판 1쇄 펴냄 2017년 3월 2일
1판 3쇄 펴냄 2022년 11월 30일

지은이 에르베 기베르
옮긴이 안보옥
펴낸이 안지미

펴낸곳 (주)알마
출판등록 2006년 6월 22일 제2013-000266호
주소 04056 서울시 마포구 신촌로4길 5-13, 3층
전화 02.324.3800 판매 02.324.7863 편집
전송 02.324.1144

전자우편 alma@almabook.com / alma@almabook.by-works.com
페이스북 /almabooks
트위터 @alma_books
인스타그램 @alma_books

ISBN 979-11-5992-099-8 03860

알마는 아이쿱생협과 더불어 협동조합의 가치를 실천하는 출판사입니다.